# 나는, K다

# 나는, K다

이옥수 장편소설

비룡소

상처의 틈새를 헤집고
자기 안의 햇살을 찾아나서는 또 다른 K에게.

# 차례

# 1부

# 먼 떡갈나무 위의 비둘기

1

"특별한 반복을 위하여 파이팅!"

엄마의 응원은 언제나 밝고 힘찼지만 서준에게 '특별한 반복'은 왠지 씁쓰레했다. 그렇지 않아도 새 학교, 새 학년, 새 교실이 주는 중압감에 기분이 가라앉는데 괜히 특별함까지 끌어다 우겨 넣으니 목각인형처럼 발걸음이 뻣뻣해졌다. 주춤주춤, 소심하게 교실 문을 열었다. 잠시 고개를 두리번거리다 창가 쪽, 두 번째 자리에 가방을 내려놓고 앉아 멀뚱멀뚱, 특별한 반복을 위하여 파이팅 할 공간을 둘러보았다. 역시 아는 얼굴이 없다. 친구들은 집 가까이에 있는 학교에 갔지만 엄마가 굳이 이 사립학교를 원했기 때문이다. 낯선 얼굴들과 눈길이 마주친 아이들은 방어적인 미소를 남기고 어색하게 눈길을 거뒀다. 뒤쪽에선 같은 학교에서 온 것 같은 몇몇 녀석이 소리를 죽여 낄 낄대고 있었는데 그 소리가 날벌레 같은 공명을 일으키며 공기 중에 떠돌았다. 모든 교실 풍경이 그렇듯 줄지어 놓여 있는 철제다리의 오크색 책상과 의자, 정면을 차지하고 있는 화이트보드, 그 옆에 걸려 있는 커다란 모니터, 크고 작은 사각형 집합체가 지루하게 연결되어 있을 뿐, 전혀 특별함을 느낄 수 없었다. 집에서 학교까지의 거리와 공간만 바뀌었지, 딱히 새롭다거나 설렐 이유가 없는 교실이었다.

가만히 앉아서 교실에 들어서는 아이들을 슬쩍슬쩍, 훔쳐봤다. 활짝 웃음을 머금고 들어서는 아이, 우울 물질을 양 어깨에 매달고 들어와 신경질적으로 가방을 내려놓는 아이, 일관성 있게 굳은 인상을 풀지 않고 접근 금지를 표방하듯 책상에 그대로 엎어진 아이, 가지런히 책상에 노트와 필통을 벌려 놓으며 영역 표시에 충실한 아이.

시작 벨이 울렸다. 담임 선생님은 이목구비가 오목조목하고 목과 팔다리가 짧고 통통한 푸근한 인상이었다. 선생님이 간단히 자기를 소개한 후, 출석을 불렀다. 선생님의 재킷 안 연두색 티셔츠에 붙어서 폴폴대는 긴 머리카락 한 올에 자꾸 신경이

쓰였다.

"9번 김재후."

서준은 재빨리 대답 소리를 좇아 고개를 돌렸다. 복도 쪽 맨 뒷자리, 대각선으로 보이는 곳에 삐딱하게 앉아 있는 녀석이다. 오늘 반드시 찾아가야 할 녀석, 멀끔한 긴 얼굴과 부리부리한 큰 눈에서 뿜어져 나오는 거칠고 반항적인 눈빛, 딱 봐도 만만치 않을 것 같았다. 하, 저런 녀석이라니! 가슴에서 미세한 파동이 느껴졌다. 그냥 부딪쳐 보는 거다. 괜히 삐딱하게 앉아서 센 척하는 거야, 스스로를 다독이며 어깨를 폈다.

첫 교시가 끝났다. 이제 서준이 미션을 수행할 시간이다.

김재후에 대한 배경지식? 전혀 없다.

김재후가 친구를 대하는 예의? 모른다.

약간 불안했다. 그러나 한걸음에 바짝 다가갔다.

"김재후, 안녕!"

서준의 목소리가 가늘게 떨렸다. 생각한 대로 반응은 뜨악했다. 삐딱하게 앉은 그대로 재후가 큰 눈을 치뜨고 물었다.

"왜?"

미처 준비하지 못한 질문이었다. 당황해서 얼굴이 붉어졌고, 잠시 버벅대다가 가까스레 대답했다.

"그냥, 아, 안녕이라고."

"음, 안녕."

재후는 서준의 당황해하는 모습 따윈 아랑곳하지 않았다. 고개를 끄덕였지만 영혼 없는 눈길은 이미 건너편 창밖으로 향하고 있었다. 서준은 단번에 풀이 죽어 돌아섰다. 엄마가 원망스러웠다. 알지도 못하는 녀석에게 오늘 꼭 인사를 하라니, 정말이지 저렇게 재수 없는 녀석과 눈곱만큼도 친해지고 싶은 마음이 없었다.

서준은 집에 돌아오자마자 엄마 앞에서 미션 실패를 그대로 재연하며 씩씩댔다. 하지만 그녀는 나무젓가락 꺾듯 단호하게 아들의 생각을 꺾어 버렸다.

"한서준, 그래도 네가 먼저 그 애를 친구로 만들어야 해. 다른 애들과 친해지기 전에. 내일도 먼저 인사하는 거다. 엄마 말 들어, 알았지?"

도대체 왜 그래야 하느냐고요? 서준은 터져 나오는 소리를 꿀꺽 삼켰다. 서준의 엄마, 신지영에게는 서준의 생각이나 감정은 전혀 중요하지 않았다. 아들에 대한 모든 생각이나 판단은 모두 그녀의 몫이었다. 이미 결정한 것을 돌린다는 것은 시간과 감정의 낭비일 뿐이라는 것을 알기에 서준은 포기했다.

다음 날, 그는 재도전을 위해 가슴을 열고 호흡을 조절했다. 재후는 어제와 다름없이 삐딱하게 앉아 있었다.

"김재후, 안녕!"

"음, 안녕."

역시 무생물, 반응이었다. 아니, 어제처럼 왜, 라고 묻지 않은 것을 다행이라고 생각해야 하나? 모멸감을 느낀 서준은 쌕쌕, 가빠지는 숨을 참으며 돌아섰다.

사흘째, 어쩔 수 없이 엄마가 시킨 대로 손까지 흔들며 억지웃음을 띠었다. 재후의 반응은 어제와 별로 다르지 않은 관심없음, 이었다.

집으로 돌아온 서준은 엄마에게 처음으로 거칠게 소리치며 반항했다.

"엄마, 그 건방진 녀석 정말 싫어요, 싫단 말이에요!"

"한서준, 엄마 말 들어, 다 너를 위해서야. 지금부터 인맥 관리를 해야 돼. 그 애와 친해 놓으면 앞으로 네 앞길에 도움이 될 거야. 아들, 내일도 포기하지 마, 방울방울 떨어지는 물이 바위를 뚫는단다. 알았지?"

엄마의 차분한 설명은 꽤 길게 이어졌고, 지친 그는 어쩔 수 없이 또 고개를 끄덕이고 말았다. 그다음 날, 네 번째 도전. 미리 가빠지는 숨을 쌕쌕거리며 얼굴을 붉히고 다가갔다.

"김재후, 안녕!"

"어, 안녕!"

이런, 녹슬고 비뚤어진 고철 같은 녀석! 속이 불뚝불뚝, 올라 왔다. 엄마가 틀렸다. 바위는 떨어지는 물방울 같은 건, 신경 쓰 지도 않는다. 물방울은 바위를 절대 뚫을 수도 파고들 수도 없 다. 아무것도 모르고 강요만 하는 엄마에게 저 무표정한 얼굴을 리얼 동영상으로 보여 주고 싶을 뿐이었다. 어딜 가나 칭찬만 들었던 그였기에 이런 무시를 참기가 힘들었다. 귓속이 핫핫하 고 다리가 휘청거렸다.

그때였다.

"야, 너희 둘. 정말 이상한 조합이다."

재후 건너편에 앉은 까무잡잡한 얼굴에 키가 큰 여자애가 턱 을 괸 채, 말똥말똥한 눈으로 쳐다보며 말했다. 여자애의 파르 스름한 눈꺼풀 밑으로 고집스럽고 호기심 가득한 두 눈이 반짝 거렸다. 긴 머리를 바짝 올려 묶어서 눈 꼬리와 이마, 양쪽 귀가 줄 인형처럼 솟구쳐 우스꽝스러웠지만 꼭 다문 입술에선 도도 함이 느껴졌다.

"너희 둘, 딱 봐도 별로야. 서로 안 어울린다고."

여자애가 심각한 표정으로 고개를 흔들며 집게손가락을 까딱까딱 가로저었다. 깜짝 놀란, 두 아이가 멍한 표정으로 바라보자 그녀는 판결문을 읽어 내리는 법관처럼 천천히, 또박또박 말했다.

"내가 며칠 동안 너희 둘, 지켜봤거든. 그런데 너무 이상해. 넌, 애하고 친구하고 싶어 하고 넌, 별로 관심이 없는 것 같고. 맞지? 그럼 어쩔 수 없지 뭐. 내가 가르쳐 줄게, 친구하는 법."

그녀의 똑 부러지는 말과 웃음기 없는 얼굴에 거부할 수 없는 어떤 무게감이 느껴졌다. 머쓱해진 두 아이가 서로 얼굴을 붉히자, 여자애가 굳은 표정을 풀고 장난치듯 소리 내어 까르르 웃었다.

"아, 참, 난 라희야. 윤라희."

자기를 소개한 후, 그녀가 발딱 일어나 서준의 손을 끌어다 재후 손 위에 누르듯이 겹쳐 놓았다. 갑작스러운 행동에 두 아이가 당황해서 어쩔 줄 몰라 했지만 그녀는 아무렇지도 않은 듯, 태연하게 말했다.

"봐, 이렇게 하면 너희 둘, 친구가 되는 거야. 서로 손을 잡아야 친구가 된다니까."

어느새, 그녀의 두 손도 그들의 손 위에 포개져 있었다. 두 아이가 계면쩍은 눈길을 돌리며 슬핏, 웃음을 띠었다. 그녀가 명령하듯 둘의 얼굴을 번갈아 빤히 쳐다보며 말했다.

"이제 마주 보고 웃어 봐."

두 아이는 주문이라도 걸린 듯, 동시에 서로의 얼굴을 바라보며 킥, 웃었다.

"봐, 웃잖아. 그럼 벌써 친구가 된 거야. 지금부터 친구다. 너희 둘. 나? 난 뭐, 친구를 선택할 땐 좀 신중하긴 하지만…… 좋아. 너희 둘 다, 오늘부터 내 친구로 받아 줄게."

그녀의 도발적이고 당돌한 결론에 두 아이가 또 킥킥댔다.

뜻밖의 매개자가 나타나는 바람에 서준의 미션은 깔끔하게 해결되었다.

한서준, 윤라희, 김재후는 그렇게 그날부터 친구가 되었다.

2

신지영은 4만 2000피트 상공에서 아기를 낳았다. 기내에서의 출산 소식이 알려지면서 잠시 언론의 가십거리가 되었고 어떤 기사엔 1,413개의 댓글까지 달렸다. 네티즌들은 산모와 아기의 건강을 걱정하며 위로했지만 대부분은 원정 출산의 꼼수라고 비난하며 헐뜯었다.

"내 자식을 위해 내가 하겠다는데 왜 지들이 난리야. 부러우면 지들도 하면 될 것 아냐, 하지도 못하는 것들이 꼭, 이딴 걸 올린다니까."

악플러들을 매도하며 화를 내는 지영 씨도 솔직히 양심 찔리는 구석이 있었다. 원정 출산을 하려면 미리 계획을 잡고 적어도 서너 달 전에는 현지에 도착하여 숙소와 병원을 정하고 안전하게 출산일을 기다려야 하는데 그녀는 비용을 아끼려고 출산예정일 3주 전에 비행기를 탔던 것이다. 그것도 산부인과 서류의 날짜까지 교묘하게 위조해서.

비행기가 이륙한 지 세 시간이 지났을 때였다. 그녀는 배가 살살 아파오자 불안해서 호흡을 고르며 배를 쓸어내렸다. 갈수록 진통 오는 시간이 빨라졌고 꼭 다문 입술 사이로 신음이 새어 나왔다. 옆자리 승객이 승무원에게 알렸을 땐, 깔고 앉은 담요에 이미 양수가 흥건히 흘러나와 있었다.

"손님, 어디 아프세요?"

승무원이 물었지만 그녀는 양손으로 배를 감싸고 억지웃음을 지으며 고개를 저었다. 승객들의 시선이 쏠렸다. 민망해진 그녀는 뒤뚱뒤뚱 걸어서 화장실로 갔다. 뒤따라간 승무원이 화장실 문을 두드렸지만 엉거주춤 서서 두 손으로 아랫도리를 틀어막고 있느라 대답할 수 없었다. 시간이 갈수록 점점 더 진통이 심해졌다. 승무원들이 화장실 문을 따고 들어가 신음하는 산모를 데리고 나왔다. 그녀의 온몸은 땀으로 젖어 있었고 깨문 입술에선 피가 맺혔다. 급히 담요 몇 장을 겹쳐 깔고 눕히며 의사를 찾았다.

"도착하려면 아직 멀었나요?"

"좀 더 가야 돼요. 자, 똑바로 누워서 다리를 벌려 주셔야……."

"아니, 아니요. 잠깐만요."

그녀가 다리를 오므리며 숨을 몰아쉬었다. 그때부터 아기를 받으려는 의사와 출산 시간을 늦추려는 산모의 실랑이가 벌어졌다.

"자궁 문이 얼마나 열렸나 확인이나 합시다. 이러시면 아기가 위험할 수도 있어요."

"아, 안 돼요!"

"산모님, 산도를 열어 주셔야 아기가 나오죠. 자, 어서……."

"자, 잠깐만요."

산모의 고집에 화가 난 의사가 장갑을 벗어 던졌지만 그녀는 초조하게 시간만 확인했다. 조금만, 조금만 더, 버티고 또 버텼다.

드디어 목적지 상공이라는 기내 방송을 듣고서 그녀는 다리를 벌리고 참았던 물과 아기를 한꺼번에 쏟아냈다. 의사가 급히 아기를 받아 안았지만 지친 아기는 꺽꺽댔고, 기진맥진한 산모는 기절했다. 그녀의 출산 소식에 기내의 승객들이 박수를 보냈지만 안타깝게도 잠시 정신을 잃은 그녀는 박수 소리를 들을 수 없었다.

아기가 무럭무럭 잘 자라서 유치원에 다니기 시작했다. 그 무렵 지영 씨의 눈동자가 빛나기 시작했다. 다방면의 정보와 지식을 이용하여 아이가 다닐 학원 탐색에 들어간 후, 큼지막하게 일과표를 써서 벽에 붙였다. 영어, 수학, 음악, 미술, 태권도, 바둑, 독서논술, 아이는 시간마다 가방을 바꿔 들고 여기저기 배울 것을 찾아서 뱅뱅 돌았다.

아이가 초등학교에 들어가면서부터 그녀의 조련은 더 지독해졌다. 아예 다니던 직장에 사표를 내고 아들의 학원 문지기와 운전 기사를 자처했다. 저녁이면 그날그날, 배운 것을 확인, 평가한 후에야 잠자리에 들게 했다. 그녀의 이런 열정에 힘입어 아들 한서준은 초등학교 때부터 두각을 나타내더니 중학교 반 배치고사에서 만점을 맞았다.

때맞춰 그녀는 아들의 멋진 장래를 꿈꾸며 인맥 관리에 들어갔다. 여러 다양한 관계보다 똘똘하고 힘 있는 권력자 하나를 찾기 위해 눈에 불을 켰다. 다행히 아들과 같은 반이 된 권력자 집안의 후손, 김재후를 찾아내었다.

서준이 재후와 친구가 되었다는 소식에 그녀는 뛸 듯이 기뻐했다. 재후와 서준이 친해지면서 생일 초대를 받아, 처음으로 재후네 집에 가게 되었을 땐, 정말이지 난리도 아니었다. 그녀는 미리 예상 질문 시나리오를 만들어 연습시키며 말투와 행동 하나하나를 잡아 주었다. 백화점을 훑어서 입혀 보낼 옷과 선물을 준비하느라 진을 뺐다. 그러나 서준이 재후네 집에 갔을 때, 현관에서 그를 맞아 준 것은 눈길이 고운 가사 도우미였다.

　"아니, 걔 아버지는 바쁜 분이니까 그렇다고 쳐도, 아들 생일에 엄마가 없었다는 게 말이 돼! 완전 어이없네. 무슨 그런 일이 다 있다니?"

　"엄마도 제 생일에 회사에 간 적 있잖아요."

　"얘는, 그 집과 우리 집이 같니? 그런 집에서 어떻게 애, 생일을 그렇게 소홀히 할 수 있어?"

　그녀는 괜히 아들에게 화풀이를 했다. 그 후, 서준은 재후네 집에 놀러 갈 때 다른 핑계를 대고 방문 계획과 후기를 절대로 발설하지 않았다.

　지영 씨의 아들에 대한 욕심은 만족을 모르는 블랙홀 급이었다. 서준이 늘 상위권 성적은 유지하며 교내외의 상도 많이 받았지만 만족하지 못했다. 그녀의 끊임없는 채근과 조련은 서준을 지치게 만들었다.

그 여름 지영 씨에게 돌이킬 수 없는 일이 벌어졌다.

서준이 중3, 여름을 맞았다. 방학 동안 기숙 학원을 보낼까 고민하던 지영 씨는 그래도 안심이 안 되어 직접 아들의 방학 학습을 챙기기로 했다.

계속되는 무더위는 대지를 녹일 듯이 펄펄 끓었다. 그녀는 작심하고 1인용 독서 상자를 들여놓았다. 서준은 하루 종일 어머니가 지켜보는 가운데 독서 상자 안에 들어가서 공부를 해야만 했다. 쉴 새 없이 냉기를 뿜어내는 에어컨도 상자 속의 후덥지근한 열감을 거두지 못했다. 불쾌지수가 높으니 속이 울렁거리고 머리도 지끈거렸다.

"엄마, 문 좀 열어 줘요. 머리가 아파요."

"아직 이십 분 남았어. 좀만 참아."

바깥에서만 문을 열 수 있는 독서 상자.

"나는 공붓벌레다!"

서준은 열리지 않는 문을 바라보며 자기가 거미줄에 걸린 벌레 같다는 생각을 했다. 당장 문을 부수고 뛰쳐나가고 싶었지만 상자 속에 갇힌 벌레는 반항할 힘이 없었다. 지금껏 그래 왔던 것처럼 기계적인 복종만이 엄마에게 사랑받는 필요충분조건이었다. 그는 참을 수 없어서 서랍에 있던 커터 칼을 꺼냈다. 컴퓨터 자판을 들고 깊이 칼자국을 새겼다. 두꺼운 편백나무 판은 살을 헤집고 들어오는 칼날을 제 몸에 지닌 향으로 받아냈다. 서준은 코를 박고 나무 냄새를 맡았다. 진한 나무 향기에 눈을 감았다. 마음이 편안해졌다.

밤 11시 50분, 드디어 상자 속에서 벗어날 시간이 되었다.

"시간 없어. 빨리 옷 벗고 들어와. 얼른 씻고 자야지."

상자 문을 열어 주고 먼저 욕실로 들어가며 그녀가 재촉했다. 그날따라 서준은 벌거벗은 몸뚱이를 엄마에게 맡기는 게 싫었다. 엄마의 열정을 말릴 수는 없지만, 아랫도리에 듬성듬성 검은 털까지 났는데 아무렇지도 않게 엄마 앞에 서 있어야 한다는 게 창피했다.

"나 혼자 씻을게, 아니 피곤해, 그냥 잘래요."

"무슨 소리야? 하루 종일 공부하느라 힘들었을 텐데, 엄마가 씻겨 줘야지. 안 씻고 자면 내일 일어날 때 피곤해. 얼른 옷 벗고 들어오라니까."

엄마의 목소리가 높아졌지만 서준은 움직이기 싫었다.

"엄마도 피곤하니까, 그냥 자요."

"아, 빨리 들어오라니까. 나도 다 큰 아들 씻겨 주기 힘들어. 그래도 대신 공부를 해 줄 수 없으니 너, 시간 아껴 주려면 어쩔 수 없어."

엄마의 단호함에 젖은 빨래처럼 소파에 널브러져 있던 서준은 하는 수 없이 몸을 일으켰다. 흐느적흐느적 걸음을 옮겨 놓았다. 그런데 그의 발이 멈춘 곳은 욕실 문 앞이 아니라 현관문 앞이었다. 아차, 발걸음을 다시 옮기려는 순간 뜨거운 게 목구멍으로 울컥 솟구쳤다. 그대로 현관문을 열고 신발을 꿰었다.

엘리베이터를 타고 1층에 내려오니 열대야, 탁한 열기가 진득진득 맨살을 파고 들었다. 고개를 들고 올려다보니 하늘엔 별도 달도 보이지 않았다. 아파트 사면, 구석구석에 숨어 있던 어둠이 달려들었다. 비칠비칠 불빛을 따라 걸었다. 딱히 갈 곳이 없었다. 주차장으로 내려가는 지하 계단이 보였다. 발걸음을 옮겨 끝까지 내려갔다. 지하의 찬 기운에 숨통이 좀 트였다. 계단에 쪼그려 앉아서 푸, 푸, 열기를 식힌 것까지 기억나는데 까무룩 잠들고 말았다. 잠결에 아련하게 구급차 소리가 들렸다. 깜짝 놀라 집으로 돌아왔지만 엄마도 아버지도 보이지 않았다. 급히 아들을 찾으러 나오던 엄마가 자동차 사고를 당한 것이다. 서준이 소식을 듣고 달려갔을 때, 그녀는 이미 수술실로 들어간

후였다. 그 후, 반년이 지나 휠체어를 타고 집으로 돌아온 그녀
는 더는 아들을 씻겨 줄 수가 없었다.

3

아버지는 야누스, 아니 지킬 앤 하이드에 가까웠다.

자신의 명패가 놓인 의회에 앉았을 때나 유권자들 앞에 섰을 때는 더없이 믿음직한 모습으로 그들의 신뢰를 충전해 주지만 집에 들어오면 물 넘치는 하수구처럼 불만을 쏟아냈다.

"의회 의원이 무슨 도깨비 방망이라도 되는 줄 알아, 사람만 보면 거미 새끼들처럼 달라붙어서 뭔가 해 주기만 바란다니까. 세상 모두가 무식한 인간들 천지야, 버러지 같은 인간들!"

식구들은 아버지가 집에 들어오면 미니어처럼 몸과 마음 이 축소되어 숨을 죽였다. 그림자같이 움직이던 가사 도우미도 숨통이 막힌다고 뛰쳐나갈 정도였다. 재후는 아버지를 볼 때마다 불안해서 눈동자가 흔들렸다.

"여보, 아이들 듣는데 말을 좀 가려 하면 좋겠어요. 목소리도 좀 낮추고."

"내 집에서 내 맘대로 말도 못해요, 아빠가 얼마나 힘들게 일하는지 애들도 알아야지."

재후의 엄마는 지쳐서 눈과 귀를 닫아 버렸다. 절대 권위를 휘두르는 아버지에게 맞설 사람은 없었다. 아버지가 무서워하는 사람은 할아버지뿐이었다. 할아버지 앞에서는 완전 예스맨이었다. 언제나 예예, 절대 거슬리는 일이 없었다. 물론 할아버지와 같은 집에 살지 않으니 가끔 만날 때만이지만.

아버지의 오랜 단독 무대였던 집안에 어느 날 반란이 시작되었다. 재후가 초등학교 6학년, 누나가 중 2때였다. 아버지의 귀가 시간이면 식구들이 일렬 기립 환영식을 해야 하는데, 어느 날부터 누나가 필요 이상으로 음원의 볼륨을 높이고 방 안에 틀어박혀 불참을 선언했다. 누나의 방은 여지없이 아버지에 의해 강제로 열렸다.

"너, 이게 무슨 짓이야? 당장 소리 안 죽엿! 이런 천박한 노래나 듣고!"

"지금, 천박하다고 한 거야? 이 노래가 어때서, 왜 천박한데?"

누나가 고개를 꼿꼿하게 세우고 새파란 두 눈으로 쏘아붙였다.

"몰라서 물어, 천박한 노래를 들으면 너도 천박해지잖아."

"흥, 그러는 아빠가 더 천박해 보여!"

누나가 아예 작정을 한 모양이었다.

"이게 보자, 보자 하니까. 너 말 다했어?"

"아니, 할 말 많아. 정말이지 아빠를 보면 숨이 막혀 죽을 것 같아. 이중인격⋯⋯."

누나 두 눈에서 불꽃이 난사되자 부들부들 떨리던 아버지의 주먹이 그대로 나갔다.

"어디서 눈을 똑바로 뜨고!"

"왜 때려? 경찰에 신고할 거야. 내가 가만히 있을 줄 알고."

누나 손에 있던 핸드폰도 그 자리에서 박살났다. 속을 드러낸 채 죽어 있는 핸드폰 위에 아버지의 폭풍 같은 발길이 쏟아졌고 부속품은 으깨졌다.

그 후로 며칠간, 집안은 그야말로 폭력의 도가니였다. 아버지도 누나도 당겨진 줄처럼 팽팽히 맞섰다. 견디다 못한 엄마가 누나를 외갓집으로 보냈다. 재후도 누나를 따라 외가로 가고 싶었다. 그곳에는 인자하고 자상한 할머니 할아버지가 계시니까.

하지만 가방을 들고 나서던 누나의 한마디에 더 이상 고집을 부릴 수 없었다.

"김재후, 넌 가만히 이 집에 붙어 있어라. 나 같은 건 없어져도 괜찮지만 후계자인 네가 없어지면 아빠, 눈이 뒤집힐 거다."

맞는 말이다. 아버지는 재후를 통해 정치판에서 삼 대째 권력을 이어가려고 했다. 더 나아가서는 할아버지와 아버지가 정치판의 요직을 두루 거치면서도 이루지 못한 큰 꿈을 재후를 통해 이루고 싶은 야망을 가지고 있었다.

재후는 누나가 생각나서 울었다.

"재후야, 울면 안 돼. 누난, 금방 집에 올 거야. 울지 말고 누나가 없는 동안 네가 엄마를 지켜 줘야지. 씩씩한 우리 아들, 엄마 잘 지켜 줄 수 있지?"

순간, 엄마를 지켜야 한다는 말이 가슴에 깊이 파고들었다. 엄마를 지키지 않으면 누나처럼 그녀도 외가로 가 버릴 것 같았다. 불안해서 엄마 옆에서 맴돌았다. 학교에 가서도 고민되어서 공부를 할 수가 없었다. 성적은 점점 바닥으로 떨어졌다. 성적표를 받아 든 아버지가 핏대를 세우며 소리쳤다.

"김재후, 잘 들어라. 이 나라 국민들은 새로운 사람을 원하지 않아. 눈에 익은 오래된 정치꾼을 믿지. 바꾸자, 바꾸자 하지만 선거 때가 되면 늘 낯익은 인물을 뽑잖아. 할아버지와 아버지가 몇 년이나 이 바닥에 있었는지 알아? 이제 우리를 모르는 사람은 아무도 없어. 그러니까, 네가 할아버지와 아버지 뒤를 이어가야 한다고. 김재후, 그러기 위해선 공부해야 돼. 공부!"

아버지의 말이 귓가에서 웅웅, 거렸다. 무슨 말인지 알아들을 수 없었다. 그저 겁먹은 얼굴로 울먹일 뿐이었다. 엄마가 재후를 감쌌다.

"애가 무슨 물건이에요? 당신 마음대로 강요하지 마세요!"

"왜, 내 아들을 왜 내 맘대로 못해요?"

"세상 모든 게 당신 마음대로 되진 않아요. 그렇게 권력을 남용하다간 언젠가 그것이 부메랑이 되어 돌아올 수도 있어요."

"부메랑은 무슨, 당신도 내 뜻을 알고 있으니, 이제부터 애 교육 좀 잘 시켜요."

그녀는 대꾸 없이 천천히 아들의 손을 잡고 나왔다. 아버지는 당신 아내에게는 함부로 하지 못했다. 바람직한 의원의 이미지를 위해서는 어여쁘고 기품 있는 아내와 잘 자라고 있는 딸과 아들이 필요했다. 그런데 아내가 돌아서면 가정이 깨지고 매력적인 가장의 모습도 한순간에 날아가 버릴 것이다. 이 비루하고 굴절된 사생활도 아버지의 권력 유지를 위해서 꼭 필요한 것이었다.

"씨, 공부는 필요 없다고요. 난 엄마를 지켜야 한다고요!"

엄마 손에 이끌려 문밖으로 나온 재후는 모처럼 용기를 내어 크게 소리쳤다.

4

학교 앞에서 딸을 내려 주며 윤 관장은 사랑스러운 눈길로 주먹을 마주쳤다.

"나의 동지, 오늘 하루도 힘내!"

"윤 관장도 힘내. 안녕!"

윤수지 관장은 딸이 교문으로 들어가는 모습을 애틋한 눈길로 지켜보고 있었다.

그녀는 검도 공인 5단인 무예인으로 젊은 사범을 셋이나 두고 검도관을 운영하는 관장이었다. 도장이 번화가에 있다 보니 퇴근 후에 찾는 직장인들 때문에 늘 퇴근이 늦었다. 그래서 어렸을 때부터 라희를 하루 종일 남의 손에 맡겨 키웠다. 그것이 엄마로서는 안쓰럽고 안타까웠지만 라희는 건강하고 밝게 잘 자라서 벌써, 중학생이 되었다.

윤 관장은 멀어져 가는 라희의 뒷모습을 보다가 문득, 딸을 처음 도장에 데리고 갔던 날이 떠올랐다. 라희가 초등학교 3학년 때였다. 그날 라희는 아이들과 같이 도복을 입고 처음으로 연습용 죽도를 잡았다. 그런데 죽도를 들고 선, 라희가 눈물을 또로록, 또로록 흘렸다.

"윤라희, 왜 울어?"

젊은 사범이 깜짝 놀라 물었지만 라희는 입을 꼭 다물고 대답하지 않았다. 다음 날, 어제 일로 당황한 윤 관장이 라희에게 말했다.

"딸, 검도하기 싫으면 안 해도 돼."

라희는 엄마를 빤히 쳐다보다가 배시시 웃으며 또 따라나섰다.

그날, 라희가 또 울었다.

그다음 날…… 그런데 날마다 눈물을 흘리면서도 검도를 그만하겠다는 말은 하지 않았다. 도복만 입으면 잔뜩 겁먹은 표정으로 눈물을 흘리는 아이를 보고 모두가 걱정했다. 하지만 라희는 빠지지 않고 도장에 나갔다.

라희의 눈물 투혼은 몇 개월간 계속되었다. 그리고 첫 대련을 하던 날, 상대는 또래였지만 키가 라희보다 더 컸다. 라희가 도복 입고 호구 착용하는 모습을 지켜보며 도장 식구들 모두가 불안해했다. 아니나 다를까, 라희가 또 입술을 깨물며 눈물을 뚝뚝, 흘렸다.

"윤라희, 안 해도 된다니까. 그렇게 울면서 하다가 다쳐."

사범의 만류에도 볼에 눈물을 매달고 꼿꼿하게 대련 자세를 취했다.

"딸, 정말 안 해도 된다니까."

윤 관장도 말렸다. 하지만 라희의 자세는 흐트러짐 없었다. 불안불안, 지켜보는 사람들이 마음을 더 졸였다.

"얍!"

당찬 기합 소리와 함께 라희가 먼저 치고 들어갔다. 잠시 후, 이변이 일어났다. 상대가 저만큼 나가떨어진 것이다.

"야, 윤라희, 정말 대단하다. 넌 이다음에 강허 장군처럼 나라도 구할 아이다."

대련이 끝난 후, 사범이 라희의 눈가를 닦아 주며 귓가에 속삭여 주었다. 그런데 신기하게도 그날부터 라희가 울지 않았다. 그야말로 라희의 어린 인생을 바꾸어 놓은 전설의 대련이었던 것이다.

"강허 장군처럼 나라도 구할 아이다!"

라희는 그 말이 참, 좋았다. 모든 아이들은 역사 속의 영웅, 강허 장군을 좋아했다. 강허 장군이 승전하고 돌아올 땐, 아이들이 달려 나가 춤을 추며 그의 어깨에 매달리고 꽃을 던지며 환호했다고 한다. 그래서 해마다 승전기념일이 되면 아이들은 꽃을 들고 거리로 뛰어나와 춤추고 노래하며 한바탕 축제를 벌였다. 어쨌거나 그날, 사범의 말 한마디가 라희의 가슴에 들어왔다. 라희는 강허 장군처럼 씩씩하고 정의롭게 자라서 나라를 구하는 사람이 될 것이라고 생각했다. 그래서 학교에서도 친구들을 잘 도와주고 옳은 일에 늘 앞장섰다. 이런 라희가 엄마에게 불평을 늘어놓는 것은, 두 친구 때문이었다.

"윤 관장, 정말 달라도 너무 달라. 내 친구들 말이야. 한 녀석은 늘 뚱한 얼굴로 기가 죽어 있고, 다른 녀석은 지나칠 정도로 신경질적이야. 정말 짜증난다니까, 그만 꺼지라고 할까?"

"그러든지. 그런데 좀 아깝다. 오래 사귄 친구들인데."

"하긴 뭐. 우리 셋이 친한 거 학교 애들도 다 아는데 꺼지라고 하긴 좀 그렇지?"

"그렇지. 그런데 그 두 녀석 때문에 나의 동지가 힘들어서 어떡해!"

윤 관장은 딸을 이해할 수 있었다. 두 아이를 만나 보니 정말 달랐다. 재후는 반항적이고 무뚝뚝한 아이였고, 서준은 딱 봐도 공붓벌레에 소심하고 섬세한 아이였다. 그래도 라희가 워낙 활달하고 밝은 아이라서 두 아이 틈바구니에서 잘 견디고 있는 것 같았다. 어쨌거나 두 아이와 친하게 지내면서 라희가 들려주는 얘깃거리가 더 풍성해진 것 같아서 기뻤다.

고등학교 입시를 앞두고 재후 엄마가 세 아이를 위한 공간을 마련해 주었다. 자신의 화실 옆방을 학습공간으로 꾸미고 학습 도우미 선생님의 도움을 받으며 공부할 수 있도록 해 주었다. 공부를 하다가 틈이 나면 셋이서 게임을 했다. 셋이서 즐겨 하는 게임은 '먼 떡갈나무 위의 비둘기'였다.

비둘기를 외칠 때마다 액정에 나타나는 비둘기들. 입을 내밀고 귀엽게 종종거리다가 입김을 힘껏 불면 화들짝 놀라서 날아가는 비둘기. 음성을 인식하고 목소리에 따라 움직였다.

*하안~마리 날아갔다.*
*두우~ 마리 날아갔다.*

*세에~ 마리 날아갔다.*

*먼 떡갈나무 위의 비둘기, 비둘기 날아갔다.*

노래를 부를 때마다 비둘기가 자랐다. 먼저 엄마 비둘기로 키우는 사람이 이겼다. 서준이 가장 잘하고 그다음은 라희, 재후였다. 그런데 어쩌다 재후가 이기면 서준이 시비를 걸었다.

"김재후, 좋아? 내가 일부러 져 준 거야."

"웃기지 마."

서준의 빈정거림에 재후가 화를 냈다.

"야, 한서준, 져 놓고 왜 그래?"

"내가 뭐?"

라희는 서준이 오리발 내밀 때가 제일 얄미웠다.

"정말 실망이다."

라희의 표정에 서준이 금세 기가 꺾였다.

"미안해."

"야, 이길 때도 있고 질 때도 있지, 지고 나서도 꼭 그렇게 잘난 척하고 싶어? 정말 짜증 나!"

"미안해."

서준이 금세 계면쩍어하며 재후에게 사과하면 라희는 어른스럽게 타일렀다.

"얘들아, 우리 고등학교에 가면 자주 만날 수도 없잖아. 그때까지만이라도 친하게 지내자, 응. 제발 싸우지 말고."

"알았어."

대답은 꿀떡같이 했지만 다시 만나면 또 티격태격 싸웠다. 그래도 셋이 함께 있을 때가 유일하게 어른들이 허락한 자유시간이어서 좋았다. 서준과 재후는 엄마와 아버지로부터, 라희는 혼자만의 외로움에서 벗어날 수 있는.

5

졸업을 앞둔 어느 날, 재후가 농담처럼 빙글거리며 말했다.

"서준아, 우리 같은 고등학교에 가는 것 알고 있지?"

"몰라, 난 혼자 갈 텐데."

서준도 농담처럼 대답했다.

"친구를 버려 두고 혼자 간다고. 이 비겁한 놈아."

재후가 헤드록을 걸며 장난을 쳤다.

"비겁, 좋아하시네. 꺼져라."

서준이 팔을 뜯어내며 소리쳤지만 재후가 서준의 눈앞에 얼굴을 들이대며 말했다.

"그래, 비겁이다. 너를 비겁하게 만들지 않으려고 내가 같이 간다.”

“싫어. 따라오지 마.”

넌 내가 가는 학교에 갈 실력이 안 되잖아, 란 말은 자존심 상할까 봐 참았다.

“아니야, 나도 생물학자 될 거야, 두고 봐!”

재후가 자신 있게 말했지만 서준은 믿지 않았다. 그날 집에 와서 서준이 지나가는 말로 재후의 이야기를 하자 지영 씨가 반색을 했다.

“같이 가면 좋지. 학교를 선택하는 것은 자유니까. 아들, 실력 보다 더 중요한 게 돈과 권력이야. 그래서 엄마가 재후와 친하 게 지내라고 한 거야. 기여 입학, 돈으로 갈 수 있는 방법도 있 을 거야.”

“그럼 라희는?”

“라희는 체육고등학교로 가기로 했다며? 네가 그랬잖아.”

라희도 없는 학교에서 재후와 둘이 지낸다? 이건 정말 끝 없 는 팥빵이었다.

“그 앤, 뭘 하든지 백그라운드가 빵빵하잖아. 금수저를 물고 나온 애가 무슨 걱정이겠니. 재후랑 끝까지 잘 지내.”

휠체어에 앉아서도 지영 씨의 집념은 여전했다. 하지만 그녀는 몰랐을 것이다. 아들을 위해 그토록 바라는 좋은 관계가 물과 기름처럼 절대 어울릴 수 없는 불가항력의 관계라는 것을.

　전국의 내로라, 하는 수재들이 몰려든 제일과학고등학교의 입학 경쟁은 치열했지만 서준은 당당하게 합격했다. 재후에게 말하고 싶었지만 괜히 자랑하는 것 같아서 참았다. 어쨌든 재후와 헤어진다고 생각하니 한편으론 시원하고 다른 한편으로는 섭섭하기도 했다. 방학 동안은 재후가 외국에 나가 있어서 만나지 못하고 가끔 연락만 하고 지내다가 입학 날이 다가왔다.

　고등학교 첫날, 서준은 지영 씨의 응원 속에 집을 나섰고 또다시 반복되는 특별할 것 없는 교실을 찾아들었다. 낯선 교실로 들어서서 앉을 자리를 찾기 위해 두리번거리던 서준은 깜짝 놀라 입이 딱 벌어졌다. 재후가 교실 가운데에 앉아서 빙그레 웃으며 쳐다보고 있었다.

　"뭘 그렇게 놀라? 널 비겁자로 만들지 않기 위해 내가 온다고 했잖아."

　서준이 그의 옆자리에 앉으며 입을 다물지 못하자, 재후가 그의 어깨를 툭, 툭 쳤다.

　"뭐야? 기부 입학?"

서준이 궁금증을 이기지 못하고 소리를 죽여 물었다.

"아니, 폼 나게 정원 외 모집 전형. 내 뛰어난 영재성을 이 학교가 알아본 것이지."

뭔가 석연치 않았지만 3학년 때, 끌어올린 성적에 플러스와 알파를 보탠다면 아예 못 믿을 일도 아니라는 생각이 들긴 했다.

"친구야, 내가 옆에 있으니 좋지?"

"아니. 제발 꺼져라!"

서준은 진심이었다. 고등학교에 가면 가끔씩 만나서 시시껄렁한 추억이나 공유하며 엄마 말대로 끈이나 이어 놓을 생각이었다. 그런데 재후가 자기 옆에 앉아 있다니!


서준과 재후는 그렇게 같은 고등학교 같은 교실에서 또다시 공부를 하게 되었다. 놀라운 사실은 고등학생이 된 후, 재후의 실력이 부쩍부쩍 좋아진다는 것이었다.

"역시, 친구 따라오길 잘했어. 나 김재후, 과학적 무한 재능 발견!"

재후의 자신감이 하늘 높이 승천하자 서준은 질투가 났다. 다 가진 녀석이 공부까지 잘하면, 이건 최악의 불공평이다. 멋진 대저택과 고급스러운 옷, 자동차, 권력자인 부모. 그렇지 않아도 녀석이 부러운데 이젠 공부까지. 겉으론 내색하지 않았지만 상대적인 박탈감에 풀이 죽어서 습관처럼 양쪽 접시가 있는 천칭에 둘을 올려놓고 달아 보았다. 그럴 때마다 우월감과 열등감이 교차했다. 그와 친하게 지낼 때 얻어질 반대급부와 거리를 두었을 때 잃게 될 손익계산도 따져 보았다. 뭔가 자존심 상하고 껄끄럽지만 그래도 가까이 지내는 게 이익일 것 같았다.

꼼꼼하게 따지는 서준과 달리 재후는 그저 친구인 서준이 좋았다. 아버지의 억압에서 탈출할 수 있었던 용기도, 생의 또 다른 목표를 알게 해 준 것도 서준이었다. 아버지를 따라가는 길이 아니라면, 어떤 것이든 다 좋았다. 물론 과학고등학교에 진학하기까지 아버지와 만만치 않은 냉전을 치렀다. 그 때문에 여전히 부자 관계가 싸늘했지만 처음으로 아버지를 이겼다는 승리감에 빠져들기도 했다.


재후 아버지는 서준을 원망했다.

"다 그 녀석 때문이야. 그 맹랑한 녀석이 널 망쳐 놓은 거야. 언젠가 넌, 녀석한테 된통 당하고 말 거다."

엄마도 걱정스러운 얼굴로 가만히 주의를 주었다.

"애꿎은 친구 다치지 않게 조심해. 아빠, 맘만 먹으면 무슨 일이든 할 수 있어. 그러기 전에 아빠가 널 믿도록 열심히 공부해."

정신이 번쩍 들었다. 아버지는 충분히 그러고도 남을 사람이었다. 안 된다. 자기 때문에 친구를 다치게 할 수는 없다. 그는 절박한 마음으로 밤잠을 아끼며 공부했다. 서준에게는 수업 시간에 적당히 졸고 있는 답답한 친구로 보였지만.

2학년이 되자, 노력의 결과는 기쁜 소식으로 이어졌다. 서준과 재후가 다음 해에 열리는 세계 분자생물학대회에 고등학생 대표로 출전하는 티켓을 따낸 것이다. 대회에 나가기 위해서는 논문을 준비해야 했다. 연구 주제를 정하고 그 주제에 대한 실험을 하고, 그 결과를 논문으로 써서 발표하는 방식이었다.

둘은 방학에도 학교에 나가 머리를 맞대고 궁리를 했다.

그러던 어느 날, 핸드폰을 보던 재후가 낄낄대며 말했다.

"50대 여성이 야생고양이에 물려 열흘 만에 사망했대. 그래서 고양이 집사들이 불안에 떨고 있다는데."

"남의 불행에 웬 웃음?"

"아니, 여기 기사가 웃기잖아. 바이러스에 침공당한 여자가 죽었대. 침공. 전쟁터도 아닌데 침공이래잖아."

재후가 또 낄낄댔다.

"오타겠지. 근데 너 참, 묘하게 웃는다. 꼭, 낙타 같아. 침공이나 침입이나 침염이나, 뭐 그게 그거지 뭐. 친구, 이제 그만 웃지."

"아, 알았어. 그런데 서준. 고양이 바이러스…… 야, 우리 고양이 바이러스 연구, 한번 해 보면 어떨까?"

"될까? 동물실험은 비윤리적이라고 정부에서 금지했는데."

"허가 받으면 되잖아."

"그건 전문연구원들이고. 학생들에겐 허가를 안 해 주지."

"그럼, 비밀로 하면 되지 뭐. 더 스릴 있잖아."

"그래도 될까?"

"결과만 좋으면 되지, 좋은 연구 결과가 나오면 그땐 비윤리, 그딴 건 다 묻힐걸. 고양이 키우는 사람들이 지금 떨고 있다잖아. 이런 핫이슈를 딱 발표해야 단번에 스포트라이트를 쫙……."

"쉽지 않을 텐데."

"그래도 해 보자. 일단 주제를 고양이 바이러스 연구, 로 정하고."

"난 몰라, 만약 무슨 일 나면 네가 책임져."

"오케이. 내가 다 책임질 테니까, 이 형님을 믿고 아무 걱정 마시라!"

확신에 찬 재후는 이미 연구를 다 끝낸 듯 큰소리쳤다.


다음 날부터 몇 군데 심부름센터에 의뢰해서 바이러스에 감염된 고양이를 찾아냈고 점막에서 시료를 채취한 후, 연구실에 틀어박혔다.

114호 연구실, 건물 가장 구석에 있으면서도 완벽하게 연구 장비가 갖춰진 연구실이었다. 물론, 학교의 배려로 얻어진 공간이었다. 실험실 한쪽에 먹을 것과 간이침대까지 마련하고 숙식을 해결하면서 연구에 매달렸다.

고양이 실험이 시작되고 꽤 여러 날이 지났다. 현미경을 들여다보던 재후가 고개를 이리저리 돌리며 얼굴을 찡그렸다.

"친구야, 몸이 이상하다. 열도 나고 목도 아프고!"

"미친, 한여름에 감기몸살이야?"

서준이 놀렸지만 재후는 책상에 고개를 처박았다.

"야, 너 얼굴이 왜 그래?"

재후의 얼굴과 목 언저리에 불긋불긋 발진이 돋았다.

"너, 냉큼 사라져라. 나한테 바이러스 옮기지 말고."

서준이 놀리자 재후가 비칠비칠 간이침대로 가서 누우며 중얼댔다.

"저 친구님의 의리 보소. 죽마고우가 아프다는데 위로는커녕, 사라지라니. 내가 저런 걸, 친구라고……. 야, 나 좀 잔다."

몇 시간 후, 서준도 같은 증세가 나타나기 시작했다.

"혹시, 우리 감염된 것 아닐까?"

재후가 고개를 저었다.

"에이, 배양한 지 얼마나 됐다고."

"아니야, 우리가 세운 가설보다 배양 속도가 더 빠를 수도 있잖아."

그 말에 재후가 머리를 감싸며 비명을 질렀다.

"안 돼!"

"어쨌든 좀 참아 보자. 우리 이거 들키면 끝장이야."

"알았어."

둘은 끙끙대면서도 참았다. 시간이 갈수록 더 목이 잠겨 오고 발진이 온몸으로 퍼져 나갔다. 결국 자정을 넘기지 못하고 호흡곤란이 와서 응급구조실에 연락했다.

생각보다 상태가 심각했다. 연락을 받은 부모님들이 달려왔다. 기도가 너무 부어올라, 호흡곤란이 올 수 있다고 했다. 의사들이 삽관 수술을 서둘렀다. 급히 수술을 받고 인공호흡기를 달았다.

이런 실험실 획득감염은 연구자들에게 종종 발생하는 일이었다. 적절한 치료를 받으면 낫게 되지만 문제는 허가받지 않은 동물실험이었다. 교육 당국과 학교가 발칵 뒤집혔다. 보건 당국이 조사에 착수했고 불법이 밝혀지면서 실험실은 폐쇄되었다. 학교장과 담당 교사에게 책임이 돌아갔다. 재후와 서준이 퇴원하는 대로 학교징계위원회가 열릴 예정이었다.

6

 

수술실에서 나오자마자 재후는 곧바로 다른 병원으로 옮겨졌다. 미처 서준에게 인사할 시간도 없었다. 아버지의 지시로 핸드폰은 이미 압수당한 상태였다. 대형병원 VIP 룸, 문 앞에는 경호원들이 지키고 서 있었다. 언론을 막기 위한 블라인드였다.

"내 핸드폰 주세요."

"안 돼, 당분간은 죽은 듯이 가만히 있어라. 지금쯤 기자들이 눈에 불을 켜고 널 찾고 있을 거다."

재후는 순순히 아버지의 말에 수긍했다. 그쯤은 알고 있었다. 정치인들과 관련된 뉴스는 일파만파로 확대 해석되어 실체 없는 바람처럼 퍼뜨려진다는 것을. 안일하게 대처하거나 어설프게 증거를 남겼다가는 할아버지와 아버지의 자리가 흔들릴 수 있다는 것도. 유권자들은 완벽한 가정과, 훌륭한 자녀들, 그리고 좋은 것, 선한 것, 정의로운 것을 원하니까.

K.

무명.

무명의 인간.

정보 유출을 막기 위해 재후의 이름은 K였다. 링거 병에도 약봉지에도 이니셜로 적혀 있었다. 의사와 간호사는 어린 학생에게 K라고 부르는 게 민망했는지, 호칭은 아예 붙이지 않았다.

"좀 어때요?"

"아침 약이에요."

흔한 학생이라는 말도 하지 않았다. 환자의 신분을 노출시킬 수 있는 어떤 말도 허용되지 않았다. 재후 자신도 신상을 노출시킬 수 있는 말은 삼갔다. 이름, 호칭이라는 게 이렇게 중요한지 몰랐다. 맘 편하게 부를 호칭이 없으니 의료진들과도 기계적인 대화뿐, 시시껄렁한 농담조차 이어갈 수 없었다.

가장 궁금한 것은 서준의 소식이었다. 녀석의 상태는 어떤지? 아직도 병원에 있는지, 자신을 원망하고 있지는 않은지. 라희에게도 알리고 싶었다. 영화나 텔레비전에서처럼 꽃을 들고 병문안 오는 친구들 앞에서 괜찮은 척, 연기도 해 보고 싶었다. 하지만 외롭게 혼자였다. 아버지는 물론이고 누나와 엄마도 신분 노출의 우려 때문에 들락거릴 수 없었다.

퇴원하는 날, 아버지 경호원이 찾아와 택시를 불러서 재후 혼자 집으로 보냈다. 경호원 차량 번호조차 남기지 않으려는 조치였다.

집에 들어서자마자 곧바로 아버지 앞으로 불려 갔다.

"서준이는요?"

"그 앤, 벌써 며칠 전에 퇴원했다고 들었다. 내일 징계위원회가 열린다. 너희 둘은 퇴학을 당하게 될 거야."

"퇴학요?"

"당연히 퇴학이지. 불법을 저질렀으니까. 다행히 너희 둘만 감염되었으니 그렇지, 그 세균이 밖으로 퍼져 나갔다면 큰일 났을 거라고 하더라."

"아버지, 도와주세요. 퇴학은 안 돼요."

"그건 내가 막을 수 있는 게 아니다."

"둘 다 안 되면 서준이만이라도, 제발요?"

처음으로 아버지에게 도움을 청했다. 절박하고 간절한 눈길로.

"안 돼, 내 아들을 놔두고 왜 그 녀석을……."

"아버지, 그 앤……."

맥없이 고개를 떨구는 재후의 두 눈에 물방울이 돌았다.

"그래서 내가 미리 손을 좀 써 놨다. 넌, 내일 징계위원들 앞에서 서준이랑 같이 실험을 했다고 하면 절대 안 된다. 그럼 공범이 되고 둘 다, 퇴학을 당하게 될 거다. 서준이 퇴학을 당하겠지만 그리 걱정할 건 없다. 시간이 지나서 좀 잠잠해지면 내가 그 애를 구제해 줄 테니까. 한꺼번에 둘 다, 구제하긴 어렵겠지만 하나씩은 구제할 수 있어. 알겠니, 내 말?"

진심으로 서준을 먼저 구하고 싶었다. 자기 때문에 시작한 일이라 더더욱. 그러나 아버지 말을 거부한다면 영영 서준을 구할 기회를 잃게 될지도 모른다는 생각에 고개를 끄덕였다. 지금, 아버지를 믿어 보는 것 외엔 달리 방법이 없을 것 같았다.

이미 아버지는 서준에게도 회유의 손길을 뻗쳤다. 며칠 전, 서준의 병실에 재후 아버지가 나타났다. 큼직한 과일 바구니를 탁자에 올린 후, 의자를 끌어다 서준 옆에 앉아서 나지막하게 입을 열었다.

"한서준, 이제 곧 학교에서 징계위원회가 열리는 것 알고 있지? 퇴학 결정이 날 것 같다고 하더라. 재후와 너. 둘 다, 퇴학을 당할 순 없지 않겠니?"

"……."

"알고 있겠지만 재후는 할아버지와 아버지보다 더 크게 될 아이다. 그래서 이렇게 부탁하러 왔다. 실험은 네가 주도한 것으로 해 주면 좋겠다. 내가 충분한 보상은 해 줄 테니까."

너무나 당당한 요구였다. 서준은 눈을 꾹 감고 고개를 돌렸다. 재후 아버지도 긴 말을 하지 않았다.

"한서준, 내 부탁을 들어줄 거라고 믿고 간다."

서준은 재후 아버지의 구두 소리가 들리지 않을 때까지 눈을 뜨지 않았다. 갑자기 온몸에 소름이 돋았다. 병실에 남겨진 재후 아버지의 말이 촉수 달린 연체동물처럼 온몸을 더듬는 것 같았다. 징그러운 촉수로 온몸, 구석구석에 끈적끈적한 점액질을 뿌리면서.

7

징계위원회는 학교 본관 제일 구석진 방에서 열렸다. 문을 열고 들어서자 일곱 명의 징계위원이 나란히 앉아 있었다. 서준은 재판정 피고인석에 앉듯 위원들 맞은편에 조심스럽게 앉았다. 그들 중간에 하얗고 긴 머리를 늘어뜨린 사람이 위원장이었다. 서준은 탁자 밑으로 보이는 그녀의 빨간 힐을 보며 원색에서 느껴지는 불안에 몸이 떨렸다.

"한서준 학생, 여기 계신 위원님들 앞에서 정직하게 답해 주길 바랍니다. 먼저, 당국의 허가를 받지 않은 동물 실험을 단독으로 진행한 사실을 인정합니까?"

단독, 이라는 말에 힘이 실리자 순간, 서준은 고개를 번쩍 들었다.

"네, 하지만 혼자 한 것은 아닙니다."

"그럼 실험을 같이 한 사람이 있단 말입니까?"

"같은 반 친구, 김재후와 함께 했습니다."

위원장이 서류를 들춰 보더니 서준의 뒤쪽 의자에 앉은 과학 부장에게 물었다.

"서류엔 그런 사실이 없는데, 부장님, 이 학생이 혼자서 실험을 한 것이 아닙니까?"

"네, 그것이…… 김재후 학생은 한서준 학생의 부탁으로 실험을 몇 번 도운 적은 있지만 같이 한 것은 아닙니다."

"아닙니다. 같이 했어요. 지도 선생님께 물어보세요. 선생님도 알고 계실 것입니다."

처음부터 이상했다. 왜 자기 혼자 이 자리에 있을까, 하면서.

"알겠습니다."

위원장이 서둘러 잘랐다.

"한서준 학생, 징계위원들 앞에서 거짓말을 하면 안 됩니다. 지도 선생님은 방학을 맞아 며칠 자리를 비운 상태였습니다. 다시 묻겠습니다. 학생, 혼자서 실험을 한 것이 맞지요?"

"아닙니다. 김재후와 같이 했습니다. 그 실험을 하자고 한 것도 김재후입니다."

서준의 목소리가 덜덜 떨렸다.

위원장이 동의를 구하듯 좌우를 둘러본 후 말했다.

"위원님들. 이 학생은 법률로 금하고 있는 동물실험을 하면서 바이러스까지 유출시키는 범죄를 저질렀습니다. 이 사실로만 보아도 엄한 벌을 받아야 하는데 반성은커녕, 이렇게 거짓말까지 하고 있습니다. 어떻게 하면 좋을까요?"

콧등에 검은 사마귀를 달고 있는 줄무늬 양복의 남자가 큼큼, 거리며 손을 들었다.

"위원장님, 어쨌거나 학생이 불법 실험을 한 것은 시인했으니 징계는 당연하다고 생각합니다. 그래야 다시는 이런 불상사가 발생하지 않을 것입니다."

왼쪽 맨 끝에 앉은 5대5 가르마가 손을 번쩍 들었다.

"그런데 이상하지 않습니까? 저 학생은 단독 범행이 아니라고 했습니다. 그렇다면 학생이 지목한 그 학생도 이 자리에 불러서 확인해 봐야 하지 않겠습니까?"

위원장에 앞서 줄무늬 양복이 먼저 손사래를 쳤다.

"뭐, 그렇게까지. 이미 서류에 확인한 대로 학교에서 조사를 마쳤고 여기 부장님도 조금 전에 말씀하셨는데……."

5대5 가르마가 다시 반박을 했다.

"아닙니다. 학생의 진술을 확인할 필요가 있을 것 같습니다. 그 학생을 불러서 직접 들어 보면 좋겠습니다."

위원들이 잠시 술렁였다.

곧 이어 위원장이 말했다.

"그럼, 다수결에 의해서 결정하겠습니다. 자신의 의사를 손을 들어 표해 주십시오."

결과는 위원장을 제외한 2대4.

재후를 부르기로 결정이 났다.

서준은 눈을 감았다. 이미 징계는 각오했었다. 하지만 혼자서 당할 순 없다, 진실은 밝혀져야 한다.

다음 날, 다시 징계위원회가 열렸다.

어제와 같은 위치에 나란히 앉았다. 다만, 분위기는 사뭇 달랐다. 어제는 서준의 뒤편에 부장이 혼자 앉아 있었다. 오늘은 재후가 앉아 있었고 건장한 남자들 예닐곱이 함께였다.

"김재후 학생, 여기 있는 한서준 학생과 같이 동물실험을 했다고 하는데 사실입니까?"

"아닙니다. 전 도와준 적은 있지만……."

서준이 고개를 홱, 돌려 경악하는 눈초리로 그를 쏘아보았다.

"같이 실험을 진행하지 않았습니다."

서준과 눈길이 마주치자 재후 얼굴에 미묘한 웃음이 스쳤다.

"그 말이 사실이지요?"

"네, 그렇습니다."

"위원님들, 모두 김재후 학생의 얘기를 들으셨지요? 한서준 학생은 법을 어겼을 뿐만이 아니라 친구에게 공범의 누명까지 씌웠습니다. 어린 학생이…… 참 안타까운 일입니다."

"아니라고요. 아니에요. 저 녀석이 먼저 하자고 했다고요."

서준의 입에서 비명처럼 소리가 터져 나왔다.

"어허, 학생, 조용히 하세요."

"억울합니다. 왜, 저 녀석의 말은 믿고 제 말은 믿어 주지 않는 것입니까?"

"학생의 말을 믿어 주지 않는 것이 아니라 학교 측의 자체 조사에서도 학생이 한 일이 밝혀졌고 지금 학생이 지목한 김재후 학생도 진실을 밝히지 않았습니까? 실험을 한두 번 도왔다고 공범이 될 순 없습니다. 그렇지 않나요, 위원님들?"

양쪽을 둘러보던 위원장의 눈빛이 재후와 함께 앉은 남자들에게로 갔다. 남자들은 단정한 차림새와 부드러운 표정으로 앞을 주시하고 있었지만 묘한 아우라로 공기를 제압하고 있었다.

"그럼, 위원님들의 뜻을 모으겠습니다. 잠시 후에 합의 사항을 말씀드리겠습니다."

위원장이 일어나자 모두들 그를 따라 일어나 뒷문으로 나갔다.

서준은 벌떡 일어났다.

"야, 김재후, 이 비겁한 자식아, 네가 먼저 하자고, 네가 책임진다고 했잖아!"

서준의 울음 섞인 분노가 공기를 흔들었다. 그러나 재후의 모습은 남자들의 넓은 어깨에 가려 보이지 않았다.

"김재후, 진실을 말하라고, 이 나쁜 자식아!"

서준이 악을 쓰자, 재후의 목소리가 들려왔다.

"서준아, 한서준…… 잠깐만, 잠깐만요……!"

남자들이 바람몰이를 하듯 재후를 데리고 나갔다. 울지 말자. 울면 안 돼, 울면 지는 거야, 서준은 이를 악물고 사라지는 남자들의 뒷통수를 바라보았다. 다시 위원들이 입장했을 땐, 재후는 여전히 남자들에게 둘러싸여 들어왔다. 서준은 체념한 듯 눈을 감고 목울대로 넘어가는 분노를 삼키고 있었다.

결정은 간단했다.

한서준, 퇴학입니다.

김재후, 20일 정학입니다.


매몰차고 냉정한 소리가 예리한 칼날이 되어 서준의 가슴을 깊이 찔렀다. 편백상자 속의 칼자국처럼.

그때였다

"안 됩니다. 내 아들이 혼자 한 게 아니에요. 김재후와 같이 한 일입니다."

세상에 태어나서 저렇게 큰 지영 씨의 목소리를 들어 본 적이 있었던가!

"내 아들은 거짓말을 하지 않습니다. 다시 한번 살펴 주세요."

휠체어에 앉은 지영 씨는 꼿꼿하고 당당하게 소리쳤다.

"왜, 그 아이는 구제하고 우리 아이는 버립니까? 권력자의 아들은 용서되고 평범한 시민의 아들은 버려야 합니까? 도대체 이런 법이 어디 있습니까? 누가 대답 좀 해 주세요."

위원들 모두가 힐끔거리며 허물 벗은 뱀처럼 뒷문으로 스르륵, 빠져나갔다. 남자들도 재후를 데리고 황급히 나갔다. 서준은 일어나 조용히 휠체어를 밀었다.

"엄마, 가요."

"말도 안 돼. 이럴 수는 없는 거야!"

지영 씨가 고개를 저었다. 서준은 쏟아질 것 같은 눈물을 감추려고 눈에 힘을 주었다. 여전히 바깥은 무덥고 붕대로 감아 둔 삽관 상처는 가려웠다. 저만큼 버둥거리며 사내들과 실랑이를 벌이고 있는 재후가 보였다. 서준은 힘껏 달려가며 소리쳤다.

"김재후, 거짓말쟁이, 비열한 배신자!"

이미 남자들은 재후를 자동차에 밀어 넣고 떠나 버렸다. 서준은 뜨거운 태양을 노려보았다.

"잘 가라, 이 배신자야!"

8

라희는 방학을 맞아 학교와 자매결연을 맺은 가까운 몇몇 나라로 검도 친선경기를 다녀왔다. 전날, 태풍이 한바탕 쓸고 갔지만 친구들을 만나러 가는 발걸음은 신이 났다. 일찌감치 약속 장소로 나갔다. 누가 먼저 나타날까? 금방이라도 환하게 웃으며 들어올 서준과 재후를 생각하며 선물을 만지작거렸다. 약속 시간이 지났다. 실험실에 박혀 있다가 정신 차리고 나오려면 시간이 좀 걸릴 거다. 그 정도는 봐줄 수 있지, 너그러운 마음으로 이해했다.

약속 시간 삼십 분이 지났다.

어디야?

문자를 보냈지만 답장이 없다.

전화를 했다.

받지 않는다. 어쭈, 이것들이. 나를 골려 주시겠다?

한 시간이 지났다.

화가 났다. 아니, 불안했다. 재후의 전화기는 아예 꺼져 있고 서준은 전화를 받지 않았다. 하는 수 없이 서준의 집을 찾아갔다. 벨을 누르자 서준이 멀쩡한 모습으로 나왔다.

"뭐야, 약속도 안 지키고?"

소리치는 그녀를 보고도 서준은 하늘을 향해 거칠게 푸우, 푸우, 숨을 내뿜기만 했다.

"왜, 무슨 일 있어?"

그녀의 물음에 서준이 갑자기 악, 소리를 치며 머리를 감쌌다. 라희는 그 자리에 얼어붙었다. 늘 잔잔하고 조용한, 동그란 두 눈으로 다정하게 웃어 주던 친구였다.

"왜 그래, 응?"

서준의 얼굴이 일그러지면서 눈빛이 붉게 변했다. 상처 입은 짐승처럼 두 눈이 이글거렸다. 엄마 때문일 것이다. 지난달에 만났을 때도 힘들다고 했고, 메시지에도 그녀의 집착에서 벗어나고 싶다고 했다. 심지어 엄마가 없는 나라로 가고 싶다고도 했으니까.

"야, 이때까지 잘 참았으면서 왜 그래? 다 널 사랑해서 그러시지."

그녀의 차분한 목소리에 서준이 픽, 웃으며 고개를 떨구었다.

"뭐야, 그 웃음은? 진짜 웃긴다. 오랜만에 보는 친구 앞에서 화만 내고."

화가 나서 눈물이 핑 돌았다. 그제야 서준이 또박또박 말했다.

"우린, 네가 말한 대로 처음부터 이상한 조합이었어. 이제 그 이상한 조합은 깨어졌어. 그만 돌아가."

서준의 목소리가 떨렸다. 돌아서서 주먹으로 눈가를 찍어내는 어깨가 심하게 흔들렸다. 라희는 아무 말도 못하고 돌아섰다. 어떤 말로도 지금, 서준의 속을 열 수 없을 것 같았다.

라희는 서준과 헤어진 후, 재후를 찾아갔다.

벨을 누르자, 대문을 열고 나온 것은 어깨가 넓은 남자였다. 남자는 말끔한 차림새와는 달리 굵고 거친 목소리로 윽박질렀다.

"재후, 만날 수 없다. 다시는 이곳에 얼씬거리지 마."

남자는 목소리만 남기고 대문을 쾅, 닫았다.

"재후야, 야, 김재후, 들리니? 나, 라희야."

담장 밑에서 목청을 높여 소리쳤지만 대답이 없었다.

남자가 다시 나왔다. 위협적인 남자의 태도에 라희는 스스로 발길을 돌렸다. 집으로 돌아오면서 라희는 울었다. 아무 영문도 모른 채, 한꺼번에 두 친구를 잃어버렸다. 그동안 무슨 일이 있었던 것일까, 서준의 붉은 분노와 재후의 소리 없는 잠적의 원인은 무엇일까, 아무리 생각해도 알 수 없는 일이었다.

개학을 하고 라희는 다시 서준을 찾아갔다. 하지만 그는 이미 유학을 떠난 후였다. 그녀는 깜짝 놀라 물었다

"왜 갑자기⋯⋯?"

금방 바스라질 것 같은 지영 씨가 텅 빈 눈길로 대답했다.

"고양이 실험 때문에⋯⋯ 아니다. 이제 와서 말해 무엇하겠니? 이제 서준이는 돌아오지 않을 거야."

그녀는 그날도 하염없이 울면서 돌아왔다. 서준과 재후, 두 친구와 함께했던 아름답고 즐거운 날들, 이제 그 모든 날들과 이별이다. 억울했다. 내팽개쳐진 느낌이 이런 것일까? 꿈속에서도 동의한 적 없었던 어이없는 이별. 이제 먼 떡갈나무 위의 비둘기처럼 다 날아가 버렸다. 라희는 그날부터 두 친구의 이름을 애써 지워 나가기 시작했다.

9

서준의 유학길은 쓸쓸했다.

사우스다코타 공항에 내렸을 땐, 그의 마음처럼 회색빛 구름이 온 하늘을 뒤덮고 있었다. 미리 약속한 가디언의 도움으로 짐을 풀었지만 울컥거리는 분노는 사라지지 않았다. 몇 날 며칠, 하릴없이 혼자서 낙엽이 구르는 거리와 공원을 헤매고 다녔다. 낯선 도시에 대한 두려움과 분노를 잊기 위해 종일 스산한 바람을 맞으며.

헤매다 지친 어느 날, 벤치에 기댔다가 깜빡 잠이 들었다. 잠결에 따뜻한 온기가 느껴졌다. 깜짝 놀라 눈을 떠 보니 양 어깨 위에 폭신한 담요가 덮여 있었다. 옆에는 따뜻한 음료 한 병과

빵 두 개, 샐러드 한 팩이 놓여 있었다. 누굴까, 두리번거리는데 건너편 벤치에서 소리가 났다. 턱수염이 짙은 중년의 남자가 커다란 배낭을 베고 모로 누워 있었다. 남자의 발치께에 골든리트리버 한 마리가 눈을 끔벅거리고 쳐다보았다.

"이봐, 친구. 이곳은 너에게 어울리지 않아. 그것 먹고, 어디 쉴 곳을 찾아봐."

분명 그에게 하는 말이었다. 남자의 적당하고 부드러운 톤이 가슴에 파고 들었다. 눈물이 핑 돌았다. 무슨 말이라도 하고 싶은데 입이 열리지 않았다. 그는 벌떡 일어나서 어깨에 걸쳐져 있던 담요를 던지듯 돌려주고 비칠거리며 걸어가는데 괜히 감정이 격해지면서 화가 치밀었다. 얼마나 불쌍하게 보였으면 노숙자가 동정을 할까, 자신이 초라해서 미칠 것 같았다. 숙소로 걸어오는데 자꾸만 목구멍에서 웩웩 소리가 터져 나왔다.

"난 거지가 아니라고."

속이 꼬이면서 독기가 쏟아졌다. 자기에게 친절을 베푼 노숙자를 저주하고 싶었다. 당장이라도 되돌아가서 어쭙잖은 친절을 베푼 털보에게 주먹을 날리고 싶었다. 세상에 친절은 없다. 우쭐거리는 배려는 조롱과 악의에서 비롯된 것이다. 누구든 다 덤벼라, 박살을 내 줄 테다!

모든 게 절망스러웠다. 가디언의 말로는 고국에서 퇴학당한 서류로는 편입이 불가능하다고 했다. 지영 씨가 의뢰한 변호사와 함께 여러 학교를 찾아다녔다. 하지만 모두 거절당했다. 방법은 한 가지, 다시 시험을 치르고 1학년으로 입학해야 한다고 했다.

"그래, 해 주면 될 것 아냐!"

독기가 발동해서 책상에 앉았지만 문득문득 솟구치는 세상에 대한 적개심을 참을 수 없어서 울부짖었다. 그러다가 다시 책상에 앉으면 책상만 예리하게 긋고 또 그을 뿐이었다.

"난 더 이상, 너를 맡을 수가 없다. 네 엄마께 연락을 해야겠다."

어느 날, 그의 홈스테이 가디언이 선언했다.

"곧 돌아갈 준비를 해라."

돌아간다?

막막했다. 아니, 정신이 번쩍 들었다. 이대로 돌아가면 끝이다. 다시 공부를 시작했다. 입학시험에 합격하고 1학년이 되었다.

"다시, 특별한 반복을 위하여, 파이팅!"

첫날, 교실에 들어가며 그는 엄마가 하던 말을 가만히 되뇌었다. 씁쓰레한 웃음이 입가로 번졌다. 특별한 것 없는 교실에서 특별할 것 없는 공부에 또 매달리기로 했다.

그는 무섭게 공부했다.

2학년 때는 국제 사이언스 올림피아드 대회에서 이론과 실험 부문 개인종합 우승을 했다. 성적 최우수로 고등학교를 졸업하고 대학생이 되었다. 점차 유학 생활에 익숙해져 갔다. 하지만 시도 때도 없이 되살아나는 상처가 그를 괴롭혔다. 그는 주위 사람들에게 늘 우울하고 쓸쓸하게 보이는 자발적 외톨이였다.

10

긴 방학이 끝났다.

개학을 했지만 재후는 20일 정학 기간이 끝난 후에야 학교에 갔다.

옆자리에 있어야 할 서준이 없다.

아버지를 용서할 수 없었다. 아버지한테 속았다. 그때는 정말 이지 아버지의 힘을 빌릴 수밖에 없다고 생각했다. 자신과 서준 을 구제해 주려고 애쓰는 아버지가 고맙기도 했다. 퇴학을 당하 지 않을 수만 있다면 약간의 거짓도 괜찮을 것 같았다. 앞으로 더 열심히 공부해서 학교에 명예를 안겨 주면 용서받을 수 있 을 것이라고 자신했다.

그래서 징계위원회에서 서준과 눈이 마주쳤을 때도 웃을 수 있었다. 내가 알아서 할게, 걱정 마. 지금 이렇게 웃고 있잖아, 하는 사인이었다. 그러면 알았어 재후야, 너라도 퇴학을 당하지 않았으니 잘했어, 난 널 믿어, 하는 눈짓을 보낼 줄 알았다. 그리고 나중에 서준이 구제되어 학교로 돌아오면 이런 깜짝 계획에 박수를 보내며 고마워할 것이라고 생각했다.

그런데 그의 생각은 빗나갔다. 자신이 거짓말을 하자 서준이 징계위원들 앞에서 소리쳤다. 나중에는 휠체어를 탄 그의 엄마까지 나타났다. 아뿔싸, 내가 배신했다고 서준이 오해할 수도 있구나, 하는 생각이 들면서 빨리 자기 계획을 서준에게 전해야겠다고 생각했다. 황급히 서준에게로 달려갔다. 그러나 가로막는 경호원들의 힘을 당해 낼 수 없었다. 끝내 마음을 전하지 못했지만 곧 아버지가 서준을 구제해 줄 테니까, 그때 오해를 풀 수 있으리라 생각했다. 그날 저녁, 약속을 다시 다짐 받으려고 아버지가 집에 오자마자 물었다.

"아버지, 서준은 언제 구제되나요?"

아버지가 물끄러미 바라보더니 비웃는 어투로 말했다.

"그 녀석이 널 보고 배신자, 라고 했다며?"

"……"

"오늘 있었던 일, 다 들었다. 김재후, 이제 알겠니? 그래서 내가 사람들을 붙여 보낸 거야. 그런 부류들이 얼마나 이기적인지 난, 잘 알거든. 자기가 불리해지면 물불을 가리지 않고 달려들지."

"내 친구를 함부로 말하지 마세요!"

"친구, 흥. 그런 하찮은 녀석을 친구라니! 이제 두고 봐라, 그 녀석이 복수니 뭐니 하면서 앙심을 품고 너를 해치려고 할 거다. 당분간 외출을 자제하고 나갈 일이 있으면 사람들과 함께 움직여."

"뭐예요, 약속이 틀리잖아요."

"약속? 내 아들을 배신자라고 한, 그런 녀석에게 무슨 약속이 필요해."

"지금 와서 그러면 어떡해요, 약속을 지키란 말이에요!"

재후의 눈빛이 간절했다. 하지만 아버지는 냉정하게 선을 그었다.

"김재후, 앞으로 절대 그 녀석과 만날 생각하지 마."

"어떻게 그럴 수가 있어요? 약속했잖아요, 서준을 구제해 준다고!"

재후가 아버지를 노려보며 소리쳤지만 돌아오는 대답은 얼음처럼 차가웠다.

"다신 내 앞에서 그 녀석 얘기 꺼내지 마!"

속았다, 가슴이 턱 막혔다.

"비겁해요, 어떻게……."


밤새, 잠을 이룰 수 없었다. 일단은 서준을 만나야 할 것 같았
다. 정직하게 자신의 마음을 털어놓으면 이해해 줄 것 같았다.
한 번의 잘못으로 우정을 끝낼 친구가 아니라는 믿음이 있었다.

다음 날, 재후는 단단히 작정하고 집을 나섰다. 하지만 대문
에서 경호원들에게 막혔다. 할 수 있는 일을 다 시도했지만 강
한 인간사슬을 뚫을 수가 없었다. 집 안에 갇혀 날마다 몸부림
치며 울었다. 그런데 어느 날 저녁 무렵, 담장 밖에서 서준의 목
소리가 들려왔다.

"김재후, 이 배신자야 나와라, 비겁하게 숨지 말고!"

너무나 반가웠다. 급히 뛰어나갔지만 또 막혔다. 이번에는 아
버지까지 나섰다.

"진정해라, 김재후. 넌 역사를 만들어 나갈 큰 사람이다. 작은
일에 연연해서 경거망동하지 말고."

"역사? 그게 나하고 무슨 상관이 있어요. 난 그런 것 다 싫어

요. 한 번만, 딱 한 번만 서준이를 만나게 해 주세요. 아버지, 제발요!"

"작은 일에 옹졸하게 치우치면 큰일을 그르치게 돼. 선택의 기로에서 가장 중요한 게 뭔지 아니, 그건 쓸모없는 자잘한 것들을 쳐내는 거야. 그런 것들을 쳐내고 정리하다 보면 나중엔 정말 중요한 큰 것만 남게 돼. 김재후, 더 이상 망설이지 말고, 네 머릿속에서 저 녀석을 잘라 내 버려. 녀석이 더 이상 네 앞에 얼씬거리지 못하게."

"그만해요. 아무리 그래도 난, 내 길을 갈 거예요. 비키라고요!"

재후의 두 눈에서 불길이 타올랐지만 아버지는 여전히 냉정했다.

"김재후, 넌 특별한 사람이다. 아무리 역사의 물줄기가 거대하다고 해도, 결국 너 같은 사람이 그 거대한 역사를 만들어 가는 거야. 할아버지와 나, 그리고 김재후 네가 이 나라 중심에 서서 세상을 이끌어야 한다는 말이다. 네가 친구라고 하는 저 아이는 우리가 만들어 놓은 역사에 휩쓸려 떠내려가는 송사리 한 마리일 뿐이다."

"싫어요, 그런 역사는 아버지나 만드시라고요. 난 그딴 건 몰라요. 그리고 이제부터 내 일에 간섭하지 마요."

"간섭? 그렇게 간섭 받기 싫으면, 부탁도 말았어야지."

그랬다. 재후가 먼저 아버지께 도움을 요청했었다.

"누가 나만 구해 달라고 했어요, 서준이도 구제해 준다고 했 잖아요!"

"지금 와서 하는 말이지만, 난 처음부터 그 녀석을 구제할 마음이 없었어. 아니, 그 녀석을 내 아들을 위한 속죄양으로 삼을 생각이었지. 속죄에는 언제나 희생양이 필요한 법이야. 너라면 누굴 제물로 삼겠니? 내 아들이겠니, 아님, 그 녀석이겠니?"

기가 막혔다. 아버지의 계획은 처음부터 야비했다!

"그 애도 이번 기회에 확실하게 알게 됐을 거다. 언감생심, 그 애와 넌, 출생 성분부터 다르다는 것을. 네 옆에 기생하려는 그런 놈이 네 발밑에 발발 기게 하려면 지금이라도 확실하게 밟아 버려야 해, 다시는 쳐다보지 못하게."

발발 기게 하라, 그렇지 않으면 밟아 버려야 한다. 어릴 때부터 줄곧 들어 온 할아버지와 아버지의 대화였다. 재후는 아버지의 비열한 얼굴에서 차라리 눈길을 돌리고 말았다.

담장 밖에서 날마다 서준의 소리가 들려왔다.

"배신자야. 나와. 숨지만 말고 나오라고!"

*난, 배신자가 아니야!*

재후는 혼자서 소리치며 야속한 마음을 달랬다. 그럴 때마다 아버지의 줄기찬 세뇌가 이어졌다

"오늘 친구가 내일 적이 될 수도 있어. 세상에 믿을 사람이 없다는 뜻이야. 널 끝까지 책임져 줄 사람은 이 아버지밖에 없어. 넌, 내 말만 들으면 돼."

당장이라도 이 집에서 뛰쳐나가고 싶었다. 하지만 번번이 물리적인 힘 앞에 굴복당하고 마는 초라한 자신의 모습만 확인할 뿐이었다.

개학을 앞둔 어느 날, 아버지가 서준의 소식을 전해 주었다.

"그 녀석, 유학을 갔단다. 머리가 좋은 녀석이니 어디 가서든 잘할 거다. 오히려 그 애를 위해서 잘된 일이지."

눈 빠지게 기다리던 개학이었다. 개학하면 서준을 만날 기회를 만들 수 있을 거라고 기대했었다. 그런데 서준이 없다, 징계 위원들 앞에서 자신을 쏘아보던 서준의 그 섬뜩한 눈빛이 생각났다. 자신에게 배신자, 라는 낙인을 찍었던 그 눈빛, 재후는 모든 것이 한꺼번에 무너져 내리는 것 같은 절망을 느꼈다.

학교에 갔지만 마음은 더 괴로웠다. 양심을 속이고 도저히 앉아 있을 수 없었다. 첫 교시를 간신히 마치고 교실을 빠져나왔다. 아무것도 생각하기 싫었다. 게임방에 틀어박혔다. 신나게 게임을 했지만 모든 게 다 허무하고 공허하게 느껴졌다.

다음 날, 학교에 가지 않았다. 어차피, 이번 생은 무명의 인간 K로 태어났으니 틀린 것 같았다. 극단적인 생각이 자꾸만 머릿속에 맴돌았다. 두문불출, 방 안에 틀어박혔다. 엄마는 애가 타서 동동거리며 문을 두드렸다. 그런데 이상하게도 아버지는 못 본 채, 그냥 내버려두었다. 식구들은 어리둥절했다. 난리가 날 줄 알았는데 아버지가 느긋하게 지켜만 보았다. 그런 아버지에게 오히려 누나가 짜증을 냈다.

"뭐야? 아빠, 이상해."

"뭘 이상해?"

"왜 쟤, 가만둬?"

"이제 그만큼 키워 놨으니, 자기 일 자기가 알아서 하겠지?"

아버지가 싱긋 웃으며 눈까지 찡긋했다. 그러고는 그의 방에 가끔 들어와 뜬금없는 말을 흘리고 나갔다.

"필요한 것 있으면 말해라."

"나는 네 편이다."

"밥은 먹고 놀아라."

이런 시시한 아버지의 행동에 엄마만 애가 타서 아들에게 호소했다.

"재후야, 전학이라도 가자, 고등학교 졸업은 해야지. 응?"

엄마의 눈물에 재후의 마음이 흔들렸다. 전학을 갔지만 그냥 가방만 들고 왔다 갔다 하니 성적은 곤두박질쳤다. 늘 삐딱하게 앉아서 독기를 뿜어내는 그에게 아무도 접근하지 않았다. 아니, 그 누구의 접근도 허용하지 않았다. 그렇게 까칠한 외톨이가 되어 고등학교를 졸업했다. 바닥을 친 성적으로 대학에 갈 수가 없었다. 재수하겠다는 핑계를 대고 시간만 죽였다.


그러던 어느 날, 아버지가 서준의 수학 올림피아드 금메달 소식을 슬그머니 전해 주었다.

"봐라, 녀석은 이렇게 제 길을 잘 가고 있잖아."

망치로 한 대 얻어맞은 듯, 불이 번쩍 들어왔다. 반복되는 죄책감에 바닥을 헤매고 있는 자신과 달리, 서준은 보란 듯이 꿈을 향해 달리고 있었다. 잘됐다. 정말 다행이다, 라는 생각 한편으론 뭔지 허탈했다. 그때 아버지가 기다렸다는 듯 나섰다.

"내가 뭐라고 했니? 결국, 그 애에겐 전화위복이 된 거야. 사람에겐 다 정해진 길이 있다. 너도 이젠, 현실을 직시하고 네가 지금 할 수 있는 게 뭐가 있을지 잘 생각해 봐. 그래야 나중에 그 애를 만나도 부끄럽지 않을 거다."

아버지의 말이 맞았다. 현실적으로 너무 큰 간극이 생겼다. 이제 그를 쫓아갈 수 없었다. 그렇다고 지금처럼 마냥 주저앉아 있기엔 너무 부끄럽고 초라한 생각이 들었다.

사람에게 정해진 길이 있다?

오이디푸스의 저주받은 신탁처럼 아버지의 말이 가슴에 들어왔다. 신탁의 예언만 아니었다면 일찍이 버려질 일도 비운의 죽음을 자처할 일도 없었을 저주받은 오이디푸스! 아버지와 다른 길을 걸으며 아버지의 계획에서 멋지게 탈출하는 것이 아버지를 이기는 방법이라고 생각했었다. 어쩌면 그래서 서준을 자신의 탈출구로 삼았던 것은 아니었을까? 생각을 거듭할수록 파도처럼 마음이 일렁거렸다.

"그래, 이미 정해진 길이라면 피하지 말자."

서서히 결심을 굳혔다. 다시 공부를 시작했고 아버지의 길을 따르기로 했다.

*기왕에 정치를 하려면 최고 권력자가 되자.*

할아버지와 아버지가 닦아 놓은 길, 거침없이 달려가기만 하면 된다. 그들의 가르침대로 자신에게 이익이 되는 일이라면 물불을 가리지 않았고, 걸림돌은 거침없이 밀어내며 앞으로, 앞으로 달려나갔다. 밖에서 볼 때 너무나 복잡할 것 같은 정치판이 막상 발을 딛고 서 보니 생각보다 단순했다. 가장 무서운 것이 유권자들의 생각과 냉정한 판단인데, 그것은 연신 쏟아져 나오는 새로운 기종의 전자기기들이 다 빼앗아 놓아서 문제될 게 없었다. 얼마나 많은 유권자들이 단세포적인 생각으로 살아가고 있으며, 그들이 하는, 반짝 한순간의 생각도 휘발성이 강하다는 것을 감지하게 되었다. 해를 거듭할수록 정치를 귀찮아하는 유권자들이 많아지는 것도 매력 있었다. 그들은 바쁘다, 바쁘다, 앵무새처럼 외치며 사오 년에 딱 하루, 권리를 행사하도록 선거 날만 정해 주면 정치인들이 한 약속이나 행적을 기억하거나 따지지도 않았다. 그래서 직업 정치꾼들이 권력을 등에 업고 자기들만의 춤판을 벌리며 독재를 꿈꿀 수 있게 되는 것 같았다. 이런 정치판과 유권자들의 생리를 어느 정도 익히고 파악하면서 점점 자신감이 생겨 정치를 즐기게 되었다.

권력의 귀공자, 금수저의 끝판왕!

재후가 아버지의 지역구를 이어받아 최연소 의회의원에 도전하면서 무수한 비난이 쏟아졌다.

준비되고 훈련된 젊은 일꾼!

그러나 한편에선 괜찮은 반응도 나왔다. 지탄과 응원 속에 선거판은 엎치락뒤치락했다. 하지만 암암리에 뒤에서 연막전술을 펼치고 있는 할아버지와 아버지의 공로로 결국 당선의 영광을 안았다. 그 기세를 몰아 내리 2선에 성공하면서 명실상부, 의회의 중심인물이 되었다.

이제 남은 것은 최고 권력인 총리, 그는 35세, 최연소 총리 후보로 출사표를 던졌다.

지구촌 경제 정글에서 확실하게 경제 발전을 이룩할 젊고 힘 있는 총리!

인공지능은 기계다, 생각하는 인간이 이끌고 가는 인간 중심 세상을 만들자!

그가 내건 슬로건이 사람들의 마음을 움직이면서 언론의 찬

사가 쏟아졌다. 나날이 지지도가 상승하자 사람들은 그에게 눈도장을 찍으려고 몰려들었다.

11

생물학자 한서준이 유학 십육 년 만에 센트럴공항에 내렸다.

부모님을 만난다는 기쁨, 가장 친한 친구에게 배신을 당하고 홀로 떠나야만 했던 슬픔이 교차했지만 씩씩하게 전화를 했다.

"어머니, 저 왔어요."

"아들, 미안하다."

그의 들뜬 목소리와 달리 지영 씨의 목소리는 깊은 땅속처럼 어두웠다. 남편과 이혼한 그녀는 변두리 작은 공공주택에서 장애인 기본연금으로 근근이 살고 있었다. 이때껏 전했던 좋은 소식들은 아들을 안심시키기 위한 거짓들이었다. 그동안의 생활비와 학비는 아버지가 보내 주었고 부족한 부분은 그녀가 장애인 연금을 아껴서 보탠 것이었다.

그는 곧바로 아버지를 찾아갔다.

어린 시절, 말없이 그를 안아 주며 부드럽게 웃어 주던 아버지였다. 타국 생활에서 힘들 때도 아버지의 그 부드러운 웃음을 생각하면 힘이 났다. 아버지는 침대같이 식탁같이 늘 그 자리에서 집안을 굳건히 지키고 있어야 할 존재인 줄로만 알았다. 그동안 전화기를 타고 흐르던 자상하고 부드러운 아버지의 웃음 뒤에 버거운 현실이 기다리고 있을 줄이야!

"서준아, 미안하다. 네 엄마와 난 처음부터 성격이 맞지 않았어. 네 엄마는 집념이 대단한 사람이야."

그는 할 말을 잃었다. 엄마의 집념, 그랬다. 신지영의 인생은 아들 서준을 향한 집념의 세월과 다르지 않았다. 늘 그림자처럼 살아야 했던 아버지는 그동안 얼마나 외로웠을까? 아버지를 이해할 수 있을 것 같았다. 아버지는 한 여자의 남편과 아버지이기 전에 행복을 느끼며 살아가고 싶은, 한 인간이었다.

엄마를 찾아갔다.

"서준아, 내 걱정 하지 말고 돌아가. 너만 행복하게 잘 살면 돼. 난 정말 괜찮아."

지영 씨의 꼿꼿한 자존심은 그대로였다. 아들을 위한 마음도 한결같았다. 하지만 그녀를 혼자 두고 돌아갈 순 없었다. 조용히 외국 생활을 정리했다. 센트럴 시티에 엄마와 함께 살 집을 마련하고 직장을 구했다.

재후의 인기는 하루가 다르게 치솟았다. 그럴수록 서준의 마음은 분노로 일그러졌다. 배신자와 한 땅에서 산다는 생각만으로도 분노가 치미는데 그의 승승장구를 지켜보는 것은 더 괴로운 일이었다. 그는 이미 외국에 있을 때부터 재후의 정치 입문 소식과 최근의 총리 도전 소식을 들어서 알고 있었다. 그에 대한 떠들썩한 뉴스를 들으면 깊이 억눌러 왔던 증오와 분노가 끓어올라서 미칠 것 같았다. 언론에서 부풀려 놓은 그의 그럴듯한 이미지를 볼 때면 당장이라도 달려가 끝 간 데 없는 거짓과 비열함을 까발리고 싶었다. 하지만 그의 명성은 이미 하늘을 치솟고 있었다.

막강한 힘과 권력의 정치가.

자신은 연구실에서만 종종거리는 한낱 생물학자…….

사회적 영향력으로 봐도 비교가 되지 않았다. 마냥, 열패감에 시달리며 괴로워했다. 어떻게 하면 그를 철저하게 파멸시킬 수 있을까? 불길처럼 생각들이 일어났다. 호랑이를 잡으려면 호랑이 굴에 들어가야 한다, 그렇다면 일단 가까이 가서 부딪쳐 보기로 했다. 그에게 접근할 수 있는 꽤, 괜찮은 명분도 있었다. 어릴 때의 친구! 어쨌든 옆에 가서 그 치사하고 비열한 녀석을 지켜본 후에 방법을 찾아볼 생각이었다. 마음을 굳게 먹고 선거 캠프가 있는 사무실로 찾아갔다.

이미 전화로 약속을 했기에 서준은 서슴지 않고 안으로 들어섰고 기다리고 있던 재후가 활짝 웃으며 그를 반겼다.

"야, 반갑다. 좋은 친구는 언제 만나도 반갑다더니. 정말 반갑다, 서준아!"

재후는 예전의 그 반항적이고 삐딱한 아이가 아니었다. 제법 절제된 몸가짐과 세련된 말솜씨로 정치가다운 면모를 풍기고 있었지만 옛일은 모두 잊은 듯, 뻔뻔했다. 그렇다면 그에 못지 않은 가면이 필요할 것 같았다. 당장 달려들어 뺨이라도 치고 싶은 마음을 깊이 가두고 차분하게 웃음을 흘렸다.

사무실은 넓고 환했다. 그 사무실 중앙에 재후의 명패가 놓인 커다란 책상이 있고 책상을 중심으로 길게 소파가 놓여 있었다. 재후가 서준의 손을 이끌어 소파에 앉혔다. 서준이 재후를 바라보며 다짜고짜 물었다.

"재후야, 나도 도울 일이 있을까?"

이미 작정을 하고 온 이상 미적거릴 필요가 없을 것 같아 바로 치고 들어간 것이다.

"고맙다, 서준아!"

재후가 그의 두 손을 움켜잡았다. 그리고는 북적대는 사람들을 불러서 그를 소개하며 자랑했다. 이미 각 분야의 전략가들이 태스크포스를 꾸린 선거 캠프에서 서준에게도 자리를 마련해 주었다. 후보의 오랜 친구라는 사실에 모두들 그를 환대하며 친절하게 대해 주었다.

서준은 날마다 선거 캠프로 출근을 했다. 그런데 생각과 달리 전국을 돌며 선거유세를 하는 재후는 선거 캠프엔 거의 나타나지 않았다. 먼 떡갈나무 위의 비둘기를 흥얼거리며, 불뚝불뚝 화를 내던 김재후가 이제, 대권을 향하는 열정의 불사조가 되어 날아다녔다. 서준은 선거 캠프의 벽면을 차지하고 있는 전광판의 지지도 그래프를 보며 어느 쪽이 자신의 뜻을 이루는 데 유리할 것인지를 계산했다.

당선된 김재후?

낙마한 김재후?

아무래도 당선된 쪽이 더 유리할 것 같았다. 정상에 올라간 자는 내려올 일만 남았으니까. 이번 선거에 낙마한다고 해도 그는 정치판에 계속 남아 있을 것이다. 고작 의회 의원 한 명 끌어 내리는 것보다는 총리가 되었을 때, 결정적인 한 방으로 끝장을 내는 게 나을 것 같았다. 어쨌거나 그를 잡기 위해 뛰어든 굴속 이었다. 끝장을 보지 않고는 결코 물러서지 않으리라, 서준은 마음속으로 이를 갈며 다짐했다.

드디어 선거 유세가 끝났다.

재후가 선거 캠프로 돌아왔다. 오랜 떠돌이 생활로 지쳤을 텐데도 그는 줄곧 웃음을 잃지 않았다. 돌아온 날 저녁, 재후가 서준 가까이 다가와 속삭이듯 말했다.

"서준아, 라희가 온대, 지금."

그는 깜짝 놀랐다. 그렇지 않아도 라희 소식이 궁금했었다. 옛 추억을 떠올리면 언제나 그녀의 밝은 얼굴과 깨끗한 웃음이 있었다. 그녀는 얼마나 변했을까? 그렇게 헤어진 후, 얼마나 원 망했을까? 그때 상황을 알고 있을까. 생각에 잠긴 사이 또각또 각, 구두 소리와 함께 라희가 문을 열고 들어섰다. 흰 셔츠에 말 끔한 검은 슈트 차림, 큰 키에 웃음을 가득 담은 가무잡잡한 얼 굴, 그대로였다.

"라희야."

서로 얼싸안았다.

"재후야, 어, 이렇게 불러도 될까? 곧, VIP가 될 수도 있는데."

재후가 고개를 끄덕이며 웃자 라희가 그의 등을 툭툭 치며 말했다.

"많이 애썼지? 난, 중립을 지켜야 하는 자리에 있어서 돕지 못했어. 좋은 결과 있기를 바랄게. 서준아, 언제 돌아온 거야? 하나도 안 변했네. 보고 싶었어, 이 나쁜 친구들아."

라희가 장난처럼 뼈 있는 한마디를 하자 재후가 싱긋 웃으며 말했다.

"나쁜 친구, 그런가? 난 좋은 친구라고 생각하는데."

이 나쁜 자식아, 좋은 친구를 깨 버린 게 누군데, 서준은 울컥 올라오는 속을 간신히 눌렀다. 하지만 뒤끝이 비집고 나왔다.

"좋은 친구?"

차가운 그의 한마디가 미처 전달되기도 전에, 밀려드는 사람들 속으로 묻히고 말았다. 이들의 만남은 거기서 뚝, 끝났다. 결과를 보려는 지지자들이 계속 몰려들었다. 재후는 사람들에게 둘러싸였다. 서준이 한쪽으로 밀려나서 사람들의 뒷통수만 보며 무르춤하게 서 있는 사이, 라희가 손을 흔들며 간다는 사인을 보냈다. 서준은 라희가 사라지는 뒷모습을 멍하니 바라보고

서 있었다.

새벽 1시 드디어 결과가 발표되었다.

김재후 후보 총리 당선!

재후와 지지자들이 만세를 부르는 사이, 뒤쪽에 서 있던 서준은 밀려오는 기자들로 인해 문 밖으로 밀려났다. 밤바람이 찼지만 그의 목덜미로 식은 땀이 흘러내렸다.

# 2부

# 악성 바이러스

1

알람 소리에 잠이 깼다.

재후는 무중력 에어 침대에서 몸을 일으킨 후, 곧장 경쾌한 음악이 들리는 운동실로 향했다. 헬스봇으로 건강 상태를 체크하고 간단히 스트레칭으로 아침 운동을 시작했다. 땀에 젖은 그의 굴곡진 역삼각형 단단한 몸매가 대리석 조각처럼 매끄럽게 빛났다. 권력도 체력이 있어야 지켜낼 수 있다는 것을 이미 할아버지와 아버지를 통해서 배워 온 그였다. 운동을 마치고 식당에 들어서자 눈매가 서글서글한 요리사가 밝게 인사를 했다.

"안녕히 주무셨어요? 오늘 아침에는 검은 깨죽을 끓였어요."

아내의 아침잠을 방해할 수 없어서 그는 늘 혼자 아침을 먹었다. 요리사가 차린 정갈한 깨죽을 한 술 뜬 후, 엄지를 치켜 올렸다. 보통 사람들은 대부분 에너지 압축 식품이나 배양 음식을 먹지만 총리의 요리사는 자연 식품을 특별히 주문해서 음식을 만들었다.

아침을 먹은 후, 대기하고 있던 아티스트가 골라 주는 옷을 입고 메이크업을 마쳤다. 보통 총리의 하루일과는 관저에서 실장들과 아침 미팅으로 시작되었다. 어제 일과 밤사이에 있었던 일을 보고 받고, 오늘 할 일들을 점검하는 자리였다. 간단하게 회의를 마치고 실장들이 나가자 재후가 옆에 있는 비서실장에게 농담처럼 불만을 꺼냈다.

"황금, 황금탁자, 황금의자 황금벽, 실장님, 꼭 이렇게 황금색이어야 합니까? 가는 곳마다 황금색, 정말 질리겠어요."

비서실장이 급히 손을 내저었다.

"네, 황금색은 총리의 상징이라 절대 바꿀 수 없습니다."

"지금이 무슨, 왕정시대도 아니고, 임금 흉내 내기예요? 저, 무덤 속에 있던 케케묵은 망령들이 되살아나 내 자리 내놔라, 할 것 같아 소름 돋아요."

"어쨌든 가만히 계셔야 합니다. 뭘 좀 바꾸면 언론이 귀신같이 눈치채고 혈세 낭비라고 거품을 물 것입니다."

늙은 비서실장은 당황스러운 표정으로 그를 바라보았다. 권력의 자리는 굳세게 지킬수록 더 든든해진다, 아버지 말이 생각났다. 개인의 취향이나 변화는 필요치 않다, 수단과 방법을 가리지 않고 지키고 또 지킬 수밖에는.

"알았어요. 그건 그렇고, 광장에서 또, 시위가 벌어진 모양입니다. 언제까지 저딴 시위가 계속될 것 같아요?"

"글쎄요……."

"비서실장님은 모든 것을 다 가르쳐 주면서 그것도 몰라요!"

괜히 비서실장에게 어린애처럼 짜증을 냈다. 상쾌해야 할 아침을 떼창으로 망쳐 놓은 시위꾼들을 왕들이라면 어떻게 했을까, 도 물어보려다가 그만두었다. 머리가 지끈지끈했다.


"기본 연금 20퍼센트 인상하라!"

"줄서기도 지쳤다. 주급을 월급으로 바꿔라!"

"삶이 바닥이다. 우리도 같이 살자!"


시위대의 맨 앞에서 젊은이들이 노인들의 휠체어를 밀며 앞으로 나갔다. 경찰이 황급히 센트럴돔 앞에 차단벽을 설치하고 경찰 로봇이 철거덕, 철거덕 쇳소리를 내며 겹겹이 둘러섰다.

앞으로 나아가지 못한 사람들이 더욱 소리를 높였다. 모니터를 통해 그 모습을 지켜보던 재후가 신경질을 냈다.

"사전 집회 신고를 했답니까?"

"네. 1지구 경찰서장이 허가했다고 합니다."

"왜 허가를, 이 달 들어서도 벌써 몇 번째입니까?"

총리의 눈치를 살피던 비서실장이 중얼거렸다.

"헌법에 집회 결사의 자유가 명시되어 있으니 어쩔 수 없이 허가를……."

"누가 그걸 몰라요!"

재후가 버럭 소리를 지르자 비서실장이 깜짝 놀라 쩔쩔맸다.

"그리고 저거, 지금 생방송으로 나가고 있는 거죠? 방송부터 통제해야지 지금 현장을 그냥 내보내면 어떡합니까, 빨리 각 방송사에 연락해서 협조 요청하세요."

질책을 받은 비서실장이 허둥지둥 밖으로 나갔다. 머리를 감싸 쥔 재후가 한숨을 푹푹 내쉬었다. 경제 발전을 내세우고 총리가 되었지만, 전 세계 경제가 내리막인데 총리라고 특별한 방법이 있을 리 없었다. 지난 의회에 올린 기본 연금 예산안도 진통 끝에 통과되어서 다시 추경안을 올릴 수도 없었다. 그렇다고 저들의 요구대로 주급으로 지급되는 기본 연금을 월급으로 바꿀 수도 없었다. 보호시설에 있는 노인들을 제외한 무직자들 대부분은 매주마다 연금센터에서 줄을 서야 하는 고충이 있지만 그렇게 하지 않으면 한 달도 채 안 되어 생활비를 다 써 버리고 굶주리며 헤매기 때문에 이미 법률로 정해 놓았다.

시위대의 함성이 점점 더 가까워졌다. 초조해진 재후는 연신 시계를 보며 물을 들이켰다.

"안보실장, 돔 광장을 영구히 폐쇄할 방법을 좀 찾아보세요. 업무에 집중할 수가 없어요. 도대체 언제까지……."

"총리님 그건, 안 됩니다. 광장을 폐쇄하면 사람들의 반발이 심할 것입니다. 총리님의 이미지에도 큰 타격을 입게 될 것이고요."

인터폰으로 들리는 안보실장의 단호한 대답에 화가 더 치솟았다.

"그럼, 누가 시위를 주동하고 선동하는지 찾아봐요. 노인들을 선동하는 못된 무리들은 사회의 평안과 질서를 무너뜨릴 불온한 세력들이에요. 샅샅이 조사하여 법대로 처리하세요."

"죄송합니다. 무력 시위가 아닌 평화 시위자들을 처리할 수 있는 법률은 없습니다."

"도대체 안보실장은…… 그래요, 그만둡시다. 미네르바의 부엉이는 황혼이 되어서야 날아오를 테니까."

안보실장의 원칙적인 답변에 그는 의미심장한 말을 남기고 입술을 깨물었다. 생각 같아서는 고분고분하지 않는 안보실장을 당장 경질하고 싶지만 그렇지 않아도 젊은 총리라 즉흥적이고 충동적이라는 의회와 각료들의 뒷소리가 들리는 터라 간신히 분노를 억눌렀다. 그림자 같은 비서실장이야 그의 성질을 다 받아 주고도 남지만 곧이곧대로 자신의 임무를 수행하는 각료들은 총리라도 함부로 할 수가 없었다.

그는 체념한 듯 소파로 옮겨 앉아 눈을 감았다. 마치 표류하는 배 안에 갇힌 듯, 막막했다. 창밖의 나뭇가지는 어지럽게 흔들리고 시간은 더디게 흘렀다. 지난 정부에서도 해결하지 못한 기본 연금 인상을 왜 하필 자신의 임기에 다시 들고 나와서 야단인지 속이 탔다.

온종일 광장에 찬바람이 휘몰아쳤지만 시위대는 물러서지 않고 목소리를 더 높였다. 센트럴돔 안의 공기도 바짝 얼어붙었다. 직원들도 서로 눈치를 보며 일이 손에 잡히지 않아서 서성댔다. 어느덧, 해가 기울고 땅거미가 깔렸다.

바람이 세차지면서 진눈깨비가 날렸다. 그때서야 견디지 못한 시위대가 하나 둘, 흩어지기 시작했다.

2

야옹,

가방 속에서 고양이가 울었다. 지영 씨에게 선물하려고 애완 동물 센터에서 분양 받은 고양이였다. 지영 씨는 아들과 함께 살면서 한동안은 휠체어에 앉아서 요리도 하고, 꽃을 가꾸기도 했다. 그런데 겨울이 되면서 갑자기 건강이 나빠져 치매 증상까지 나타났다.

어머니 걱정에 서둘러 퇴근한 서준은 문을 열고 들어서며 큰 소리로 말했다.

"어머니, 친구 데려왔어요."

가방을 열자 고양이가 늘어지게 기지개를 펴더니 그녀 앞으로 쪼르르 달려갔다.

"싫어, 고양이가 무슨 친구야."

"보세요, 얘가 어머니와 친구하고 싶다잖아요. 얘 이름이 깜장이에요. 깜장이. 깜장아, 하고 불러 보세요."

마지못해, 그녀가 고양이를 부르며 등을 살살 어루만졌다. 고양이가 그녀의 손길을 느끼듯 가만히 있었다. 그날부터 신기하게도 지영 씨와 고양이는 찰떡궁합처럼 어울렸다. 고양이와 같이 놀고, 이야기하고 잠도 같이 잤다. 덕분에 서준도 숨통이 좀 트였다. 아들에게 집착하던 그녀가 고양이와 친해지면서 아들도 뒷전이었다.

안타깝게도 그녀의 치매 증상은 날이 갈수록 더 심해졌다. 그녀 혼자 두고 불안해서 출근을 할 수 없을 지경이었다. 서준은 어쩔 수 없이 어머니를 요양원에 모시기로 마음을 정하고 요양센터에 찾아갔다.

처음 온 그를 위해 센터장이 시설을 안내했다. 1층은 넓은 로비와 사무실이었고 2층과 3층은 남녀를 구분한 노인들의 공간이었다. 그런데 4층으로 올라갔을 때, 그는 깜짝 놀랐다. 넓은 공간에 침상이 나란히 놓여 있고 그 위에는 말라 버린 나뭇가지 같은 노인들이, 휑한 눈동자로 누워 있었다. 연명을 위해 여러 가닥의 튜브를 매달고.

"여긴 중증 노인들, 대부분 와상환자들이 있는 곳입니다. 저희 요양센터는 인공지능에 의한 자동 시스템이 가동되고 있어서 이런 노인들에게도 최고의 서비스를 제공하며……."

"저렇게 벗겨 놓아야 자동 시스템이 가동합니까?"

그는 홑이불 사이로 드러난 노인들의 맨살에 민망함을 감추지 못하고 물었다.

"일정한 체온 유지와 개별적인 변화를 감지하려면 일단 탈의를 해야 합니다. 대소변이 흘러내리면 즉시 처리되고 세척도 할 수 있죠. 실내가 참 쾌적하지 않나요? 저희들은 어르신들이 마지막을 편안하게 누릴 수 있도록 최선을 다하고 있어요."

"그래도 저건 너무하지 않나요?"

"모르시나요? 왜, 첫 사람인 아담과 하와가 에덴동산에서 벌거벗고 있었을까요? 인간이 옷을 입는다는 것은 구속이고 속박이죠, 아니, 자유의 상실이라고 할까요. 보세요, 저 어린애같이 자유로운 모습을."

센터장이 기계처럼 지껄였다.

저건 인간이 아니야, 알맹이가 빠져나간 껍질들이야, 저들의 희미한 눈동자와 허공을 휘저어 대는 의미 없는 손놀림, 웅얼거리는 소리, 인간의 존엄은 그 어디에도 찾아볼 수 없었다. 아니, 어쩌면 저들의 손짓은 인간으로서 마지막 존엄을 지킬 수 있게 해 달라고 애원하는 것 같기도 했다. 서준은 갑자기 두 팔을 뻗어 그들의 숨통을 조이고 싶은 살의가 느껴졌다. 인간의 존엄은 출생부터 죽음에 이르기까지 지켜져야 한다. 그런데 영혼이 빠져나간 듯한 공허한 눈빛으로 허공에 손을 내젓고 있는 저 모습은 소망 없는 고통일 뿐이다. 이미 인간의 존엄은 저들의 것이 아니다. 고통을 덜어 주어야 한다. 아니, 구해 주어야 한다.

자기도 모르게 노인의 침상 옆으로 다가서자 경고 불빛이 깜빡이더니 순식간에 얇고 단단한 캡슐 모양의 막이 내려와 침상을 감쌌다. 센터장의 말처럼 자동 시스템은 신속하고 정확했다.

*저, 노인들을 해방시키고 싶다!*

*그것이 선이고 정의다.*

*죽음마저 거부당한 비참한 모습, 그대로 내버려 두는 것은 죄악이다.*

그는 엉뚱한 곳에서 비뚤어진 생각으로 사악함을 드러냈다. 집에 돌아와서도 노인들에 대한 잔상이 명령처럼 그를 괴롭혔다. 악마 같은 집착에 점점 빠져들면서.

자동 시스템을 뚫을 수 있는 방법은 무엇일까? 캡슐을 뚫는 방법을 고심하고 또 고심했다. 그러다가 어느 순간, 뇌에서 스파크가 일어나면서 생각이 맞물려 돌아가더니 눈앞에 그림이 그려지기 시작했다.

노인들의 존엄사 그리고 재후의 파멸!

어쩌면 한꺼번에 해결할 수 있을 것 같은 예감이 들었다.

3

재후에게서 연락이 왔다.

"서준아, 좀 들어올래?"

갑작스러운 초대였다. 그러나 기다리고 있었기에 바로 대답을 했다. 사실, 총리 취임식 날 끄트머리에 앉았다 온 후, 자신의 섣부른 계획을 후회하기도 했다. 그에게 가까이 가서 결정적인 뭔가를 잡아낼 생각만 했지 부르지 않으면 접근할 수 없는 곳에 있을 거라는 생각은 하지 못했다.

총리 공관을 향해 가는 동안, 그의 두뇌는 예상 시나리오로 복잡하게 돌아갔다.

그동안 재후와 둘이서 따로 만날 시간이 없었다. 만약, 오늘 저녁, 녀석이 용서를 빌면 어떻게 해야 하나? 용서한다? 아니, 그럴 순 없다. 지금 와서 몇 마디 말로 그 고통의 세월을 대신할 수는 없다. 녀석도 그 처절한 시간들을 느껴 보아야 한다, 서준의 마음이 돌처럼 더 단단하게 굳어졌다.

센트럴돔, 총리 공관에 이르렀다.

센트럴돔은 몇 년 전, 나라의 법과 제도가 바뀌면서, 모든 정부기관을 이곳에 집합해 놓은 복합행정타운이었다. 전에는 각 지방마다 지방자치단체가 형성되어 각각의 행정업무를 처리했지만 인공지능 시스템이 업무를 대신하면서 변화가 생겼다. 불필요한 공무원들의 인건비를 줄이고 행정의 효율성을 위해 센트럴돔을 조성하고 지방행정을 모두 흡수해 버린 것이다. 그래서 센트럴돔은 국가의 중심 컨트롤 타워인 총리공관을 비롯해서 행정, 법률, 의회 등이 군집을 이루는 맘모스 도시가 되었다. 물론 자동시스템으로 모든 업무를 처리할 수 있는 전자 정부에서는 그리 많은 사람들이 필요하지 않은 것도 사실이었다. 그래서 국민 대부분은 흩어져 있는 공관의 관리 비용과 인건비를 줄여서 사회보장금을 높인다는 말에 찬성하고 센트럴돔을 수용했다. 그러나 그 이면을 들여다보면 권력자 자신들의 지지 결집과 피지배층에 대한 보이지 않는 통제를 위한 것이기도 했다.

총리도 공관에 앉아서 인공지능이 보내오는 각 지역의 정보를 취합하여 국정을 운영할 수 있고, 의회의원들도 굳이 지방에 오르내리며 표를 모으는 고생을 하지 않아도 되었다. 그렇다고 국민들이 답답할 것도 없었다. 센트럴돔에서 멀리 떨어져 있는 지역에서도 전자 정부에 접속하면 바로 센트럴돔 안의 어떤 기관이라도 접속할 수 있을뿐더러 커뮤니케이션이 가능하기 때문이었다. 총리공관은 센트럴돔 안의 우측에 자리잡고 있었는데 총리집무실과 관저, 그리고 총리를 보좌하고 만들어 가는 직원들의 업무 공간인 비서동으로 나뉘어 있었다.

서준이 자동차에서 내려 문 앞에서 기다리고 있던 직원을 따라간 곳은 총리 관저의 1층 응접실이었다. 수묵 산수화 한 점이 걸려 있는 실내는 옛스럽고 어딘가 촌스러웠다. 정면에 놓인 황금색 의자가 총리 자리임을 알려 주고 있는 듯했지만 그 의자 때문에 실내 분위기가 위압적으로 느껴지는 것은 어쩔 수 없었다.

"서준아, 어서 와. 모처럼 조용해서 차나 같이 하자고."

재후의 표정이 밝았다.

"의자부터 다르네."

재후가 앉은 황금색 의자를 가리키자 그가 고개를 흔들었다.

"나도 맘에 안 든다. 이 의자, 전 주인들이 다 나이가 많았으니까 어쩔 수 없지 뭐."

"하긴 역대 최연소 총리이니."

"문제는 최연소 총리가 황금색을 거부할 힘이 없다는 거야."

"하긴, 좀 억울하겠어. 우리 어렸을 때는 대통령책임제였지? 그땐 대통령의 힘이 막강했잖아."

"그렇지, 그땐 대통령들이 무소불위의 권력을 휘둘렀지. 그러다가 감옥에 가기도 했지만. 대통령, 명칭만으로도 멋지잖아. 이젠 법이 바뀌어서 총리가 의원들의 눈치를 봐야 하는 처지가 되었어."

"총리, 라는 명칭이 좀 덜 세어 보이긴 해. 대통령이나 총리나, 최고 우두머리인 것은 마찬가지지 뭐. 김재후도 만만치 않게 센 것 같은데."

서준이 장난처럼 슬쩍 흔들자, 재후가 곧바로 반박에 나섰다.

"무슨 소리야? 난 정말 층층시하야. 하다못해 아버지가 붙여준 비서실장 눈치까지 봐야 한다니까."

"엄살은, 최고 권력을 한 손에 쥐고 있으면서. 내가 총리 앞에서 너무 버릇없게 들이댔나."

"그렇지, 당장 비서실장을 불러서 혼쭐을 내주라고 해야겠다. 하하. 참, 부모님은 잘 계셔?"

"뭐, 늘 그렇지 뭐."

서준은 부모님의 이혼이나 어머니를 요양원에 모셨다는 말을 하지 않았다. 집안 이야기를 꺼내면 재후 앞에서 자신이 더 작아질 것 같아서.

시시한 인사치레를 하면서 차를 마시는 재후의 표정은 여전했다. 딱히 잘못을 빌 것 같지도, 그렇다고 그 문제를 회피하는 것도 아닌, 그냥, 옛일을 잊은 듯했다. 지난 잘못에 대한 일말의 양심을 기대했던 서준은 또다시 배신감을 느꼈지만 표정을 흐트러지진 않았다. 재후는 눈치 없는 어린애처럼 주저리주저리, 넋두리 같은 자문자답을 이어갔다.

"정말 골치가 아프다. 주말에도 광장이 조용할 날이 없어. 사람들은 총리가 모든 걸 해 줄 수 있다고 생각하는 것 같아. 추운데 나와서 시위하는 사람들 마음도 이해가 되긴 해. 빈부격차가 너무 심하니까, 공평한 분배가 이루어지지 않잖아. 그런데 문제는 총리 임기 한 번으론 이 구조적인 뿌리를 뽑기가 힘들 것 같아. 만약 내가 다음 번에도 집권한다면 이 문제를 근본적으로 파헤쳐서 개혁과 혁신으로……."

취임한 지 얼마나 됐다고 벌써 재집권의 야욕을 드러내다니,

서준은 재후의 그 뻔뻔함이 놀라웠다. 하긴, 당연한 일인지도 모른다. 권력은 마약 같아서 한번 맛을 보면 절대 헤어날 수 없는 속성을 가졌으니까. 서준은 기회를 놓치지 않고 그의 뒷말을 붙잡았다.

"공평한 분배라? 공평한 분배, 좋지. 그럼 모두가 공평한 세상인 유토피아를 건설하면 되겠네."

서준은 슬쩍 마음을 떠 보며 눈웃음을 쳤다.

재후가 바로 받았다.

"유토피아? 모두가 평등하게 행복을 누리는 세상, 좋지, 그런데 그건 현실에서 불가능한 얘기고."

"아니, 불가능한 것도 아니야. 어떻게 보면 지금, 기본 연금 자체가 평등 아니야? 일하지 않고도 꼬박꼬박 돈을 받잖아."

"그거야 어쩔 수 없는 최소 생계 유지비지."

"최소 생계 유지비보다 더 많이 주면 되잖아. 그러면 골치 아픈 시위도 안 벌어질 것이고. 합리적인 인구 정책과 사회복지가 만족스러운 유토피아 건설."

재후가 도리질을 했다.

"말은 좋지만 그건 힘들어. 기본 연금 대상자가 너무 많아서."

"연금 받는 사람들의 수를 줄이면?"

"어떻게 사람 수를 줄일 수 있어?"

"방법이야 찾아보면 있지."

그가 머릿속에 그리고 있던 그림 한 장이 농담처럼 대화 속으로 흘러내렸다.

"총리, 미생물 연구는 신종 바이러스를 밝혀내기도 하지만 그 바이러스를 유포할 수도 있어."

서준의 구체적이고 무서운 암시에 재후가 눈을 크게 뜨고 빤히 쳐다봤다.

"이런, 미생물학자가 지금, 생물무기를 말하는 거야?"

역시, 재후는 말귀가 빨랐다.

"그럴 수도 있지. 하지만 지금이 어느 세상인데 생물무기를…… 농담이야, 농담. 하하."

그는 짐짓 과장된 웃음으로 얼버무리며 재후의 눈치를 살폈다.

"아니야, 나도 한때, 미생물학도였다는 걸 누구보다 네가 잘 알잖아. 사람이 살아가다 보면 평화를 위해 대화도 필요하고 전쟁을 위해 강력한 무기도 필요하지."

"그렇겠지."

"이 안의 사람들도 지금이야 모두들 내 뜻에 따르는 것 같지만 문제에 부딪히면 모두 제 살기에 급급할걸. 그래서 마키아벨리는 현명한 군주가 되려면 늘 엄해야 한다고 했지. 나도 정부를 이끌어 보니 그게 무슨 말인지 알 것 같아. 대화와 강력한 무기."

"국민들이 추앙하는 자상하고 인간적인 총리, 그게 너의 트레이드마크 아니야? 하긴, 이익에 따라 제각각 요구하는 게 다르니 다 들어줄 순 없겠지. 뉴스를 보니 기본 연금 인상을 위해 더 많은 시민단체가 연대한다고 하던데…… 너무 적어. 빠듯하게 먹고만 살 정도니까. 사람이 어떻게 먹고살 수만 있나, 문화와 예술도 향유하고 취미 생활도 즐겨야지."

슬쩍, 서준은 편드는 척하며 예민한 부분을 찔렀다. 재후의 눈동자가 잠시 흔들렸다. 서준은 뭔지 모를 미세한 균열을 분명히 감지할 수 있었다. 때맞춰 이렇게 미끼를 던질 수 있다니, 서준의 입가에 검은 웃음이 피어나고 있었다.

4

스카이빌딩 157층 스페셜룸.

재후는 자신의 일정을 극비에 부치고 주말 하루를 호텔에서 묵기로 했다. 수행비서와 경호실장만 대동하고 새벽에 움직였다. 암암리에 연락을 받은 호텔 지배인은 객실의 서비스봇을 치우고 급히 인력을 배치했다. 프론트 호출에 응대할 수 있는 직원도 대기시켰다.

인간 중심,
생각하는 인간이 이끌고 가는 세상!

지난 선거 때 경제발전과 함께 그가 내건 슬로건 때문이었다. 기계는 기계다, 기계는 오류가 날 수 있고 고장을 일으킬 수 있다. 인공지능의 정확도가 높아졌지만 스스로 사고하지 못하는 기계를 100퍼센트 믿는 것은 어리석은 짓이다. 모두들 인공지능에 의해 편리를 누리면서도 한편으로는 두려워했다. 간간이 들려오는 기계의 오작동 사고 소식은 치명적이어서 사람들은 그의 말에 호응하고 지지를 보냈다.

취임 후, 가장 먼저 한 일이 로봇윤리 법률을 좀 더 강력하게 개정하도록 의회에 요구한 것이다. 로봇으로 인해 피해를 입게 되면 손해 전액을 배상하고, 인명피해가 날 때는 법정 최고액으로 보상하도록 법이 만들어졌다. 이런 총리가 호텔에 머물게 되니 사장과 지배인은 바짝 긴장할 수밖에 없었다.

호텔에 도착한 재후는 비서진을 물리고, 침대에서 뒹굴며 책도 읽고 바깥 풍경도 즐겼다. 저녁 무렵 약속대로 서준과 라희가 도착했다. 그들이 방에 들어섰을 때 마침, 붉은 노을이 창문으로 가득 들어왔다.

"와, 멋지다!"

라희의 탄성에 모두들 창 쪽으로 다가서 노을을 안 듯 두 팔을 벌렸다. 노을에 물든 그들의 얼굴이 황금빛 투탕카멘처럼 빛났다.

"정말 장관이구나, 태양의 하루를 노을 속에서 경건하게 오마주하는 것 같다."

"멋진 말이다. 경건한 태양의 오마주!"

그들은 서로의 밝은 얼굴을 바라보며 오랜만에 활짝 웃었다.

자리에 앉기 전에 라희는 휴대용 탐지기를 꺼내서 여기저기 꼼꼼히 훑어나갔다.

"직업병. 미안해, 물론 경호실에서 이미 점검했겠지만 그래도 혹시 감시카메라나 도청 장치가 있을지 몰라서. 모두 모바일 꺼놔."

재후가 라희를 바라보며 씩, 웃었다.

"철저하네. 하긴, 내 비밀 스캔들이 외부에 나가면 큰일 나겠지. 아침 조간 첫 면에 총리, 휴가를 호텔에서 친구들과 함께…… 라희야, 너 오늘 완전히 다른 사람 같아."

그동안 톤 다운된 무채색 옷만 입던 라희가 오늘은 오렌지색 원피스에 흰 블라우스, 굽 높은 검정 힐로 한껏 멋을 냈다.

라희는 총리의 의전실장이었다. 그녀는 대학 졸업 후, 센트럴 돔에 경호원으로 들어와서 경호실, 비서실, 의전실을 두루 거친 베테랑 직원이었다. 재후가 그녀를 알아보고 의전실장으로 임명한 것이다.

　총리실 직원들은 세 부류로 나뉘었다. 총리 선거캠프에서 일하던 사람들 중에 총리가 데리고 들어온 사람, 각 부처에서 총리실로 파견한 사람들, 정권이 바뀌어도 총리실 소속으로 라희처럼 그대로 붙박여 있는 앉은 자리 터줏대감들. 총리 가족은 내부 형편을 잘 알고 있는 이런 터줏대감들에게 개인적인 사소한 부탁도 하고 도움도 많이 받는 편이었다.

　"다행이다. 친구들 만난다고 신경 쓴 보람이 있네."

　라희가 아이처럼 환하게 웃었다.

　오늘 셋이서 만나자고 먼저 제안을 한 것은 라희였다. 재후도 모처럼 친구를 만난다는 즐거움이 있었고 서준도 기뻐했다.

　"지금 생각해 보니, 우리 둘은 어릴 때부터 라희 말을 잘 들었던 것 같아. 우리의 영원한 리더, 윤라희. 포에버."

　재후가 엄지를 치켜세우자 라희가 피식 웃으며 말했다.

　"너희 둘 때문에 내 속이 까맣게 되었을 거다, 뻑하면 둘이 싸웠으니. 절교하려고 생각한 적도 무지 많았는데, 그때 일 때문에 감동 받아서 참았지. 너희들 생각나니? 내 검도 대련 때 다친 일."

서준이 기억을 더듬다가 소리쳤다.

"아, 생각난다. 너 상대방 찌르기에 당해서 목 다친 거."

"맞아. 나 그 자리에서 기절했고, 너희 둘이 날 업고 뛰었잖아. 나중에 사범님이 그러는데 너희 둘이 다짜고짜 달려와서 날 업고 쏜살같이 달렸다고. 말릴 사이도 없었다며? 재후가 날 업고 넌 뒤에서 내 엉덩이 붙잡고. 병원에서 치료 받고 나오는데 너희 둘이, 얼굴에 땀범벅이 되어서 울고 있더라. 뒤쫓아온 사범님이 대단한 우정이라고 감탄하고."

라희의 말에 재후가 얼굴을 붉히며 말했다.

"참 순수한 어린 시절이었지. 우린 왜 셋이서만 놀았을까? 다른 친구들도 많았는데."

라희가 그를 가리키며 눈을 살짝 흘겼다.

"너 때문이었잖아. 넌 애들한테 불친절했어. 늘 삐딱했고. 지금 현직 총리를 죽어라 반대하는 사람들 중에 그때 우리 반 친구들이 많을걸. 언제나 틱틱 대는 재수 없는 애였으니까."

"맞아, 그랬을 거야. 아버지 때문에 늘 불만에 차 있으면서도 그래도 자식이라고 아버지 얘기 하는 게 싫어서 몸을 사린 거지. 서준 너는 왜, 우리하고만 놀았어?"

"흐, 너희 둘이 나 좋아했잖아. 하하, 그건 아니고 어머니 때문이었지. 친구와 노는 것도 시간 낭비라던 어머니가 유일하게 너와 노는 것은 허락했어. 라희를 통해서는 내 학교 생활을 물어보려고 친구하게 했고."

"맞아. 네 어머니가 내게 가끔씩, 선물 공세를 펼치면서 네 학교생활을 물었어. 지금 생각하니 네 어머니가 날 정보원으로 이용했잖아. 난 그것도 모르고. 뭐야!"

"미안해, 우리 어머니, 원래 그런 분이셨잖아. 성적 때문에 늘 내 숨통을 틀어쥐고 있던…… 난, 지금도 환청처럼 어머니의 목소리가 들려서 자다가도 벌떡 일어나. 그래도 어머니의 조련 덕분에 요만큼이라도 뭔가를 하고 살아가니 고맙기도 해. 그런데 이제 조련의 시대는 끝난 것 같아. 단순히 성적보다는 뭔가 새로운 생각을 할 수 있어야 해. 창의적으로 찾아내고 발견할 수 있는 능력, 그런 사람들이 세상을 이끌고 나간다고 봐야지."

서준의 말에 재후도 나섰다.

"그렇지, 그렇지 못한 젊은이들은 점점 잉여로 밀려나서 비참해지지."

분위기가 우울해지자 라희가 창문을 가리키며 밝게 말했다.

"저 멀리 보이는 게 우주 발사대를 만드는 공사장이구나. 정말 우주에 가게 된다면 여행비는 얼마나 될까?"

라희의 질문에 서준이 대답했다.

"이미 우주 여행을 시작한 나라에서는 M코인 400만 정도라고 하던데. 엄청나지, 세상에 널린 게 갑부니까."

"가만히 앉아서도 인공지능 로봇이 억만장자로 만들어 주잖아. 도깨비 방망이야. 그것을 가지지 못한 사람은 가난에서 헤어날 수가 없고. 돈이 돈을 낳는다는 것은 옛말이고 지금은 인공지능 로봇이 돈을 낳아 주는 것 같아. 총리, 어떻게 좀 공평하게 살 순 없을까?"

라희의 질문에 재후가 미간을 좁히며 심드렁하게 대답했다.

"그런 게 있다면 나도 배우고 싶다. 세상엔 빈자나 부자나 한 가지 부류만 있으면 좋겠어. 이왕이면 빈보다는 부가 좋겠지."

라희가 바짝 다가앉으며 비밀스럽게 말했다.

"부만 남게 하려면 빈을 없애야 하는데, 총리님 생각이 너무 위험해."

재후가 똑바로 허리를 세우며 고개를 갸웃했다.

"내 생각이 위험하다? 옛날 스파르타에서는 아이가 태어나면 포도주에 담가서 약한 아이는 죽이고 강한 아이는 살렸다는데. 그들도 나처럼 강한 자들의 평등을 꿈꾸지 않았을까? 지금도 약하고 쓸모없는 잉여들이 많잖아. 가만히 앉아서 나라의 세금만 축내는…… 현실적으로 스파르타식 청소를 아예 반대할 수만은 없을 것 같은데."

라희가 깜짝 놀라 눈을 동그랗게 떴다.

"스파르타식 청소? 야아, 무서워!"

재후가 웃으며 손을 내저었다.

"현실이 그렇다는 말이지. 놀고먹는 사람들 때문에 세금 부담이 너무 크잖아. 밑빠진 독에 물 붓기. 불로소득으로 살면서도 자기들 뜻에 안 맞으면 인권을 앞세워 시위나 하고. 아, 생각을 말자. 내가 요즘 이 문제 때문에 골치가 아프다."

라희가 차분하게 설명했다.

"골치가 더 많이 아파야 해. 총리가 머릴 싸매고 고민해야 국민들이 골고루 잘 살게 돼. 그게 총리의 임무잖아. 그래서 국가가 있고 국민들이 세금을 내는 거지. 만약 약육강식, 승자독식만 허용된다면 그건 살벌한 동물의 왕국이지. 민주 사회라면 그 어떤 국민도 정부의 울타리 안에서 생명과 자유를 보장받고 기본 삶을 누려야 해. 자본의 논리로만 몰아간다면 전쟁이 일어날 거야. 폭력은 힘이 센 것 같지만 평화는 더 힘이 세. 약자와 강자. 빈자와 부자가 더불어 평화할 때, 힘센 나라가 될 수 있지 않을까? 그것이 바로 개인의 생명과 재산을 보호하는 길이기도

하고."

재후가 반론을 제기했다.

"옳은 말이지, 윤리와 도덕 시간에 수없이 듣고 배운 말. 수만년을 내려오는 불변의 진리, 그런데 이 진리를 한 번쯤 의심해 보는 것도 나쁘지 않을 것 같은데. 좀 더 현실을 직시하면서 합리적으로 고통을 줄이는 방법에 대해서. 예를 들어 인권단체들이 안락사를 결사반대하지만 막대한 의료비를 들여서 장기를 대체해 주고 기계에 의해서 수명을 연장하는 게, 정말 노인들이 바라는 것일까? 의욕을 상실한 젊은이들의 비애. 타인의 손에 의탁하여 살아갈 수밖에 없는 약자들, 과연 그들의 생물학적인 생명 연장이 어떤 의미가 있을까? 만약, 정말 죽고 싶은데 죽을 수 없다면 어떨까? 이것 또한 휴머니즘이란 이름으로 자행되는 폭력은 아닐까?"

재후의 말에 라희가 놀란 눈으로 빤히 처다보며 단단한 목소리로 말했다.

"오우, 위험하다, 위험해. 휴머니즘과 폭력이라는 말을 한 끈에 묶다니! 신이 인간의 생명을 거두기 전에는 그 누구도, 그 어떤 생명에도 인간이 손을 댈 순 없는 거야. 그래서 오래전에 사형제도가 폐지되었잖아. 그러니까, 진정한 휴머니즘은 약자와 강자, 가난한 자와 부자가 서로 생명의 존엄과 가치를 나누며 더불어 살아가는 것이지."

"그래, 네 말이 맞긴 하지만 이상과 현실이 딱 맞아떨어지지 않으니……. 미안하다. 친구들 앞이라고 내가 너무 나간 것 같다. 그냥 잊어버려."

"어쨌든 총리 입에서 나온 말 치곤, 상당히 위험해요. 심하게 보안이 필요한…… 흐."

라희의 경고에, 재후가 어두운 표정으로 입을 닫았다. 옆에 있던 서준도 별말 없이 동그란 눈동자를 굴리며 창밖만 바라보고 있었다. 논쟁으로 뜨거워진 분위기가 식을 무렵, 라희가 다시 입을 뗐다.

"재후야, 서준아, 정말 궁금해서 그러는데…… 아, 어디서부터 물어봐야 하나? 그러니까, 너희 둘, 고1 여름방학에 무슨 일이 있었던 거야? 왜 갑자기 찢어진 거야? 넌, 왜 갑자기 유학을 떠났는데? 정말 궁금하다. 그리고 너희 둘, 왜 그때 날 외면했던 거니?"

그때의 슬픔을 떠올린 라희의 목소리에 물기가 묻어나자 재후가 재빨리 밀막으며 말꼬리를 흐렸다.

"야, 옛날 일을, 지금 와서 왜 새삼스럽게……."

서준이 뭔가를 말하려는 듯 입술을 달싹거리며 재후를 쳐다 보았지만 눈빛이 맞닿자 입술을 깨물며 슬그머니 고개를 내렸 다. 재후가 그런 라희와 서준을 바라보더니 눈을 감고 고개를 뒤로 젖혔다.

*너희들은 모를 거다. 내가 K라는 이니셜로 통하던 그날부터 난 철저하게 은폐되었다는 것을. 그 누구에게도 나를 드러내어 서는 안 되었지. 그때부터 난 달팽이 집 하나 만들어 놓고 모든 감정들을 속으로만 밀어넣고 문을 닫았어. 아버지의 목적에 의 해 살아가는 인간 K에게 감정 따윈 사치였으니까. 그런데 이제 와서 그것들을 다시 끄집어내어 사과하고 화해하고…… 솔직 히 난 그럴 자신이 없다. 하지만 한서준, 너만은 나를 이해해 주 리라 믿었다. 너만은…….*

한동안 침묵이 흘렀지만 누구도 입을 열 생각을 하지 않았다. 참다못한 라희가 둘의 얼굴을 번갈아 보며 조심스럽게 말했다.

"내가 짐작하기엔 별로 좋은 일이 아니었던 것 같은데. 맞 지?"

라희의 말에 서준의 고개가 약간 위아래로 흔들렸지만 재후 는 눈을 감은 채였다. 그 모습에 라희가 발끈했다.

"뭐야? 너희들이 날 친구로 생각한다면 이러면 안 되지. 나도 너희들에게 배신당한 아픔에 얼마나 힘들었는데. 너희들하고 그렇게 된 후, 친구 사귀는 게 겁나서 혼자서 외톨이로 지내며……."

라희가 잠시 호흡을 고른 후, 말을 이었다.

"아니야. 지금 내 얘기를 하려는 게 아니고, 사실, 내가 오늘 너희들 만나서 정말 물어보고 싶었던 얘기는 그때, 너희 둘 사이 있었던 일, 서로 화해한 거야?"

서준의 붉은 눈동자를 떠올리며 라희가 묻자, 재후가 정색을 하고 뭉툭 잘랐다.

"라희야, 넌 왜 지나간 얘기를 자꾸 끄집어내고 있니? 지금 와서 뭘 어쩌자고? 우리 이젠 어른이야. 먼 떡갈나무 위의 비둘기나 부르던 아이가 아니라고. 어른이면 어른답게 좀 더 희망적이고 생산적인 이야길 하는 게 좋지 않을까? 그리고 지금 이렇게 우리 셋이 다시 친하게 지내는 것, 그게 가장 중요한 것 아니야?"

필요 이상으로 언성을 높이는 재후의 얼굴이 붉었다. 라희는 더 나아가면 친구 간에 감정만 상할 것 같아서 입을 다물고 말았다. 잠시 후, 다시 평정심을 되찾은 재후가 두 팔로 친구들 어깨를 다독이며 말했다.

"자, 자. 우리 뭘 좀 먹자. 이 호텔 자연산 새우 요리 잘한다던데. 레스토랑으로 갈까? 아니야 보는 눈이 있으니 룸서비스를 부르자. 어때, 괜찮지?"

재후가 얼굴을 쓸어내리며 룸서비스를 부르는 사이, 서준이 눈을 감고 독백하듯 입술을 달싹거렸다.

"옛날 일…… 중요한 게 아니고…… 화해할 필요도…….."

희미하게 웃음을 머금은 서준의 하얀 얼굴에 실핏줄이 도드라졌다. 그런 그의 모습에서 어떤 섬뜩한 찬기가 느껴졌다.

잠시 후, 셋은 룸에 마련된 식탁에 둘러앉았다. 재후의 과장된 농담과 웃음에 서준이 차분한 눈길로 응대했고, 라희가 간간이 장난스러운 웃음을 보태며 저녁을 먹었다. 하지만 분위기는 성글었고 감정은 어설프게 겉돌며 푸석댔다. 창문으로 들어온 캄캄한 밤하늘에선 가뭇없이 별들이 스러지고 있었다.

5

오늘 하루도 시위에 시달렸다.

재후는 어두운 집무실에 석상처럼 앉아서 진저리를 쳤다. 정말이지 이 문제를 해결하지 않으면 국정도 수행할 수가 없을 것 같았다. 다시 한번 추경을 해서라도 연금을 올리자고 의회를 설득했지만 반대자들이 젊은 총리를 비웃듯 동조하지 않았다. 꽤 오랜 시간 고민에 빠져 있던 재후가 결심한 듯 전화기를 들었다.

"서준아, 할 말이 있는데 잠시 들어올 수 있어?"

"이 시간에? 광장이 종일 시끄러운 것 같던데 일찍 쉬어."

수화기 저쪽에서 흘러나오는 목소리는 차분하고 나직했다.

"아니야, 널 만나서 꼭 얘기하고 싶은 게 있어."

재후가 거절의 빌미를 두지 않고 바로 전화를 끊어 버리자 서준은 서둘러 옷을 챙겨 입었다. 한 시간이 지나지 않아 서준이 총리실 문 앞에 도착했다. 관저와 다르게 총리집무실은 입구부터 거대한 신전처럼 대리석 기둥이 사면을 받치고 있었다. 아무리 상징적인 건물이라고 해도 너무 천장이 높고 거대해서 상대적으로 위축감이 드는 것은 어쩔 수 없었다. 그는 일부러 가슴을 넓게 펴고 크게 심호흡을 한 후, 계단으로 올라갔다. 텅 빈 집무실에서 홀로 앉아 있는 재후의 건조한 얼굴에 고뇌의 흔적이 역력했다. 한껏 무거운 공기 속에서 재후가 손수 차를 준비했다. 서준은 그의 어깨를 흘끔거리며 침묵했다. 준비한 차를 탁자에 놓고 재후가 진지한 표정으로 입을 열었다.

"서준아, 네가 지난번에 말하던 합리적인 인구 정책과 사회 복지의 유토피아 건설 이야기, 자세하게 좀 해 봐."

갑작스러운 요청에 서준은 당황했다.

"그냥 농담처럼 해 본 소리를 가지고 무슨…… 이론상으로 그렇다는 말이지. 그게 어디 가능…….."

재후가 급히 뒷말을 자르며 소리를 낮췄다.

"이론은 적용하라고 있는 거야. 수많은 사람들이 하는 일도 없이 놀고먹으면서 기본 연금만 인상하라고 몰려와서 떼를 쓰니 미치겠다."

"일을 하지 않는 게 아니라 일을 하고 싶어도 일자리가 없는 것이지."

"어쨌든, 지금 정부의 재정이 어려워. 이대로 가다간 모라토리움을 선언해야 할 판이야. 지난 몇 년간, 우주개발과 에너지 사업에 투자한 결과가 처참해. 또, 지난 정부에서부터 추진해 온 테라포밍 사업에도 돈을 계속 쏟아붓고 있으니, 이대로 가다간 정부가 마비될 지경이야. 그리고 저렇게 날마다 몰려오니 일을 제대로 할 수가 없어."

"그렇게 심각한가? 다른 방법은 없어?"

"……"

"재정이 어렵다면 어디서 차관을 좀 들여올 수는 없나?"

재후가 천천히 고개를 저었다.

"그게 힘들어. 이미 국가 부채가 많아. 그보다 더 큰 문제는 벌써 무능한 총리, 어쩌고 하면서 한쪽에선 탄핵 소리까지 나돌고."

힘을 잃은 목소리가 갈라졌다.

"탄핵은 무슨……"

"아무리 생각해 봐도 달리 방법이 없어. 무엇보다도 이대로 가다간 다음 세대들은 더 어려워질 거야. 그때는 연금 수령자가 더 많아질 테니."

"그건 그렇지, 모두에게 돌아갈 일자리가 없으니."

서준이 고개를 주억거리며 그의 마른 입술을 바라보았다.

"기업들도 로봇세 인상 얘기만 나오면 공장을 다른 나라로 옮기겠다고 으름장이야."

"옮기면 무슨 뾰족한 수라도 있나?"

"그들이 볼 때 장소는 별 문제가 되지 않지. 공장만 지어 놓으면 생산, 물류이동, 판매까지 자동시스템이 다 알아서 하잖아. 공장을 유치하면 세금을 더 거두게 되니까 어디서든 대환영이지."

"음, 그렇군."

"그러니까 네가 말하던 유토피아를 한번……."

"안 돼. 그건 너무 위험한 일이야."

"위험한 일도 현재와 다음 세대를 위해서 필요하다면 해 볼 수 있지 않을까?"

"하긴, 손에 잡히는 파이가 커지면 모두들 환호는 하겠지."

서준은 머리를 쓸어 올리며 속내를 감췄다. 재후가 마른 입술을 다신 후, 이마를 바짝 들이밀었다.

"서준아, 도와줄 거지?"

"그래도 그건 좀 더 생각을……. 아까운 사람들이 희생될 수 있는데."

재후가 틈을 주지 않았다.

"민주주의의 맹점이 그것이지. 대를 위해서 소를 희생하는 것. 그리고 이건 네가 먼저 꺼낸 말이다."

"그건 그냥, 농담이었다니까."

"농담이라도 좋아. 어쨌든 날 좀 도와줘. 미생물 연구소, 내가 그 연구소 근사하게 지어 줄게. 넌, 최첨단 미생물 연구소에서 후학을 양성하고 세상 모든 바이러스를 밝혀서 인류의 질병을 몰아내는 게 꿈이었잖아. 어때?"

서준을 바라보는 재후의 눈빛이 차갑게 빛났다. 그 눈빛은 이미 다른 선택을 차단하고 있었다.

"아니야, 난 이제 욕심 없어. 지금 연구원에서 주는 연구실로 도 충분해. 하지만 생각은 해 볼게."

서준의 말이 끝나기도 전에 재후가 손을 덥석 잡았다.

"역시 한서준, 넌 내 친구야!"

"그래, 친구지. 하지만 재후야, 지금 우리가 한 말은 우리 둘만의 절대 비밀이어야 해."

"당연하지. 그건 내가 더 바라는 일이야."

재후가 크게 고개를 끄덕이며 확신을 주었다. 서준은 그런 재후를 보며 속으로 실소를 금할 수 없었다. 이제 그가 그린 그림 속에 녀석이 성큼, 들어선 것이다.

둘은 무언으로 악수를 나눈 후, 헤어졌다. 곧바로 서준을 태운 W9 무인자동차가 서서히 어둠을 가르며 총리 공관을 빠져나갔다. 창문을 통해 그 모습을 바라보고 있던 재후 앞에 비서실장이 바람처럼 나타났다.

"말씀하신 대로 조치를 취했습니다."

"절대 실수하지 않도록 하시오!"

"네, 염려하지 마십시오."

서준은 그 시각부터 비서실장의 특별감시 대상이 되었다. 그의 모든 통화는 도청되고 그가 만나는 사람과 행선지도 마이크로 감시 카메라에서 비켜갈 수 없었다. 여차하면 단번에 제거될 수 있는, 요주의 인물이 된 것이다.

# 6

비타민주스와 에너지바 한 개로 아침을 해결한 후, 라희가 출근을 서둘렀다. 차창 밖으로 보이는 센트럴시티는 눈부셨다. 공중에는 1인 교통수단인 스카이 벌룬이 유유히 흘러가고 거리의 양쪽으로 즐비하게 솟아오른 건물은 물청소를 막 끝낸 것처럼 깨끗했다. 좌우를 둘러보아도 각각 다른 모양의 건물들, 그 자체가 하나, 하나 예술품이었다. 라희는 창문을 내리고 가슴 가득 공기를 들이마셨다. 도심에 설치된 공기정화 자동시스템은 공기 중의 유해물질을 제거하고 산소 포화도가 늘 적정 수준이어서 가슴이 시원했다.

돔 광장에 들어서자 여기저기서 젊은 1인 시위자들이 피켓을 들거나 바닥에 펼쳐 놓고 일자리를 달라고 외치고 있었다. 해마다 인공지능 로봇이 사람들의 일자리를 빼앗아 갔지만 효율성 면에서 인간은 밀려날 수밖에 없었다. 자아실현의 기회를 잃은 사람들이 저렇게 애원하고 있지만 정부에서도 마땅한 해결책이 없었다. 이런 익숙한 풍경 속에 출근하는 이들의 마음은 우울했고 괜한 죄스러움에 바닥만 내려다보고 걸었다.

"좋은 아침!"

라희가 밝은 인사와 함께 의전실에 들어섰다. 앞자리에 앉은 직원이 입을 삐죽이 내밀며 불평을 늘어놓았다.

"실장님. 우리 총리님, 또 스케줄에 없는 일을 만드셨어요. 지금, 각 부처 직원들과 개별 촬영한다고 세트까지 만들고 야단이에요. 하여튼 부지런하시기도 해. '한 울타리에서 일하는 식구들인데 기념 촬영 정도는 한번 해야지' 모두들 아주 신났어요."

재후 목소리까지 흉내 내며 고개를 내젓는 직원을 보고 라희가 맞장구를 쳤다.

"그러게. 왜, 일을 자꾸 만드실까?"

그렇지 않아도 내일 있을 외부 행사 때문에 맘이 바쁜데 생각지도 못한 스케줄이 또 생겼다. 총리가 집무실을 벗어나면 비서실, 경호실, 의전실 모두 그림자처럼 따라야 한다. 직원들의 어려움을 알면서도 일을 만든 것이다. 세트가 준비되었다는 연락을 받고 현장에 나가 보니 시끌벅적 잔치마당 같았다.

"총리하고 찍은 인증샷 정도는 있어야 가족들이 자부심을 갖지 않겠어요. 하하하."

재후가 기분 좋게 너스레를 떨었다. 한 부서씩 개별 사진을 찍다 보니 오전 시간이 다 지나갔다. 이왕 벌린 판, 점심도 직원 식당에서 같이 먹고 싶다고 했다. 따뜻한 총리의 마음 씀씀이에 직원들은 환호했다. 하지만 돌발 상황에 대비해야 하는 경호실과 의전실 직원들은 초긴장 상태로 눈이 팽팽 돌아갔다. 약속된 외부 일정을 오후로 미룬 라희도 꼼짝없이 붙어 있었다. 행사를 마무리한 후, 그녀는 현장으로 달려갔다. 외부 스태프들은 입이 댓발이나 나와서 툴툴댔다.

"실장님, 이렇게 늦으면 어떡해요. 우리 철수하려고 했습니다."

"미안해요. 한번만 봐주세요. 우리 VIP가 워낙……. 저도 힘이 드네요."

라희의 사과에 모두들, 제 위치를 찾아 움직였다. 행사 전날은 특히, 의전, 경호, 홍보. 퍼포먼스 스태프들이 함께 하는 드레스 리허설이기 때문에 총 책임자인 의전실장의 역할이 컸다. 외부 행사는 미리 짜 놓은 시나리오대로 빈틈없이 움직여야 한다. 먼저, 라희의 지시에 따라 총리 대역이 지정해 준 동선을 걸었다. 재후의 보폭과 비슷하게 몇 번이나 되풀이한 끝에 서고 멈추는 곳을 찾아서 바닥에 스티커로 표시를 했다. 의상 색깔에 따른 조명의 밝기와 듣기 좋은 목소리 톤을 위하여 음향을 점검했다.

가장 중요한 것은 사진기자들에게 노출시킬 배경과 포지션이었다. 어디서 어떤 제스추어로 노출시켜야 보기 좋은 사진이나 영상이 나올지 반복해서 프레임을 맞추고 또 맞추었다. 배경 사진 한 장, 손짓 하나만 잘못 나가도 여론의 질책과 뭇매가 쏟아진다. 사람들에게 비치는 총리의 모든 이미지가 중요하다. 특히 열린 공간에서 치러지는 외부 행사는 언론에 나가자마자 반응이 곧바로 오기 때문에 한 치의 오차나 실수가 용납되지 않는다. 그야말로 최고의 연출이 필요한 작업이었다.

리허설이 끝나자마자 또 달렸다. 퇴근 전에 최종 콘티를 전하고 내일 행사를 설명해야 한다. 한달음으로 집무실 앞에 이르니 숨이 턱에 차올랐다. 문 앞에서 가슴을 두드리며 잠시 숨을 골랐다.

"옳지, 옳지 잘 먹네. 자, 유토피아 프로젝트가 시작되면……!"

문틈으로 소리가 새어 나왔다. 유토피아 프로젝트. 유독 그 말이 라희의 귀에 걸렸다.

"늦어서 죄송합니다. 내일 행사 콘티입니다."

"마침, 잘 왔어. 자, 어디 봅시다."

재후가 책상 뒤에서 일어나 접견 탁자로 옮겨 앉았다. 라희가 마주앉아서 세세하게 짚어 가며 내일 행사를 설명했다.

"수고했어. 아주 훌륭해. 아, 그리고 이 고양이 좀 맡아 줘요."

재후가 일어나서 책상 뒤에 있던 고양이 이동 가방을 들고 왔다. 가방을 열자 까만 털에 금빛 눈을 가진 고양이가 나왔다.

"이놈, 아주 영악해. 먹이를 꼭 손바닥에 올려 줘야 먹는다니까. 바닥에 놓으면 쌩 외면을 하고. 콧대가 아주 높아."

라희가 쪼그리고 앉아서 손을 내밀자 고양이가 다가와 어리광을 부리듯 얼굴을 비볐다.

"어머, 귀여워!"

재후가 소리를 한껏 낮춰 말했다.

"서준의 고양이야."

"네?"

"라희야, 우리끼린데 편하게 얘기하자."

재후가 라희를 보고 눈을 찡긋하며 웃었다. 의전실장인 라희는 총리인 재후를 깍듯하게 예우하지만 재후는 둘이 있을 땐, 편하게 지내고 싶어했다.

"서준이가 고양일 키워? 바이러스 학자가 고양이도 좋아하나 봐."

"고양이와 둘이 산대. 참. 라희 넌, 유토피아에 대해서 어떻게 생각해?"

뜬금없는 질문에 당황스러웠다.

"그게 가능한지…… 하지만, 인간의 비상한 노력이 언젠가는 유토피아를 만들어 낼 수 있지 않을까?"

"역시 넌, 긍정적이야. 그렇지, 유토피아는 가능해! 그런데 문제는 무능한 젊은이들과 노인들이야. 특히, 노인들, 아무리 유토피아를 만들어도 그것을 누릴 수 없잖아. 장기를 이식하고 대체해도 얼마간 유지할 수는 있지만 재생될 순 없어. 결국 유토피아를 만들어도 건강하고 유능한 젊은이들만 누릴 수 있으니 그게 안타까운 일이야."

"그럼, 유능하지 못한 젊은이들은?"

라희가 발끈해서 물었다.

"그들도 유토피아를 누리긴 힘들 거야. 젊고 건강하지만 생각 없이 살아가는 잉여들이니까."

"생각 없는 잉여들? 그래, 생각 따윈 중요하지 않았어. 우린 어릴 때부터 우등생이 되기 위해 많은 시간들을 앵무새처럼 외우고, 또 외우면서 살아왔으니까. 누가 우리에게 생각할 시간을 주었냐고."

"생각은커녕 스마트폰 하나만 있으면 행복했고."

"맞아, 나도 우리 윤 관장한테 야단 많이 맞았지. 스마트폰만 붙잡고 있다고. 정말 스마트폰이 인간의 외로움을 달래 준 것은 맞지만 생각하거나 뭔가를 느낄 수 있는 시간들은 다 빼앗아 간 것 같아. 살금살금, 시간도둑처럼. 누가 알았나? 어릴 때도 인공지능 세상이 온다, 온다 말은 들었지만 모든 노동은 로봇이, 생각은 인간이. 이렇게 딱 두 가지로 나누어지는 세상이 이렇게 빨리 올 줄은."

"그래서 스마트폰 만든 사람은 인류에게 석고대죄 해야 한다는 거야."

"그렇지. 생각 없이 살아가는 인간은 자기 길을 스스로 만들고 찾아갈 능력이 없다는 것. 그런 인간들에게 긍정적인 미래는 쉽지 않을 거야. 그런데 네가 가능하다는 그 유토피아는 언제쯤이면 도래할까?"

"글쎄. 오래 걸리지는 않을 거야, 흐."

재후의 두 눈이 잠깐 흔들렸다. 유토피아, 대체 재후가 말하는 유토피아란 무엇일까, 궁금했지만 몹시 피곤한 그녀는 이쯤에서 물러나고 싶었다.

"내일 외부 행사도 있으니 일찍 쉬세요."

"알았어요, 의전실장님. 진짜 부럽다! 내 친구 라희 품에 안겨 있는 이놈은 이미 유토피아를 체험하고 있는 거야. 하하."

재후가 손으로 고양이를 쓰다듬으며 활짝 웃었다.

"어쨌든 말씀하신 유토피아가 기대됩니다. 그럼, 전 이만 퇴근하겠습니다."

라희가 고양이 가방을 받아 들고 나오며 중얼거렸다.

"유토피아…… 오래 걸리지 않는 유토피아?"

7

온 사방이 꽃천지였다.

벚꽃이 하얀 향기를 터뜨리며 봄바람에 날리고 있었고 군데 군데 서 있는 목련은 고고한 꽃송이로 넓은 하늘을 담아내고 있었다. 푸른 하늘과 순한 봄햇살을 맞으러 아침부터 센트럴돔 광장으로 사람들이 모여 들었다. 조깅을 하는 사람, 운동기구를 타는 사람, 하릴없이 벤치에 앉아 하늘을 올려다보는 사람, 꽃 잎을 쫓아가는 사람들이 저마다의 봄날을 누리고 있었다. 그때, 돔 광장 정면에 서 있는 대형 스크린에서 긴박한 뉴스가 울려 퍼졌다.

"뉴스 속보입니다. 오늘 새벽 5시경부터 무산시에서 원인을 알 수 없는 고열과 복통으로 응급실을 찾는 환자가 속출하고 있습니다. 건강과학부에서는 의료팀을 현장에 급파하였습니다. 국민 여러분들께서도 외출을 자제해 주시고, 외출시에는 마스크를 반드시 착용해 주시기 바랍니다. 다시 한번 말씀드리겠습니다. 지금 무산시에서……."

그 시각, 재후는 아침을 먹는 중이었다.

"총리님, 식사 중이신데 죄송합니다. 긴급사항이라. 건강과학부의 긴급 보고입니다. 무산시에 알 수 없는 전염병이 돌아서 환자가 속출하고 있다고 합니다."

식당으로 뛰어든 비서실장이 숨을 헐떡이며 말했다. 이 시각에 비서실장이 식당까지 뛰어든 것은 처음 있는 일이었다.

"전염병이?"

"네, 동시다발적으로 비슷한 증상을 호소하는 환자들이 몰려들고 있다고 하는데 그 숫자가 엄청나다고 합니다."

"알겠습니다. 빨리 각 부처에 비상연락망을 가동하십시오. 장관들을 긴급소집하고."

"알겠습니다."

비서실장이 허둥대며 사라지자 재후를 기다리고 있던 메이크업 아티스트와 헤어디자이너가 머리와 얼굴을 손질해 주었다. 그들은 순식간에 충격을 받은 지도자의 황망한 모습으로 완벽하게 이미지 메이킹을 했다. 누가 봐도 그의 검붉은 얼굴과 헝클어진 머리는 경황 중에 서둘러 뛰쳐나온 모습이었고 무채색 넥타이는 슬픔의 깊이를 더했다.

라희도 아침 조깅을 마친 후, 출근 준비를 하다가 비상연락을 받고 서둘러 총리 집무실로 향했다. 붉은 양탄자가 깔린 집무실에 햇살이 환했다. 라희가 비상회의에 필요한 전자기기와 집기들을 세팅하고 보안 상태를 점검하는 사이, 입을 굳게 다문 각료들이 황망한 얼굴로 속속 들어왔다. 뒤이어 재후도 비통한 얼굴로 들어왔다. 곧이어 투명 스크린이 내려오고 창문이 자동 잠금 상태로 전환되었다. 안에서 밖을 볼 순 있지만 밖에서는 안을 볼 수 없는 특수 스크린이었다. 총리가 있는 곳은 언제나 보안이 먼저였다.

"어떻게 된 일입니까?"

재후의 물음에 건강과학부 장관이 대답했다.

"무산시 응급실에 동시다발적으로 환자들이 쏟아져 들어오고 있습니다. 의료진들이 후송된 환자들을 격리하는 한편, 원인을 알기 위해 분비물을 채취하여 질병본부에 검사를 의뢰한 상태입니다. 환자들은 대부분 고열과 구토 증상을 나타내고 있습니다. 곧 역학조사를 위해 연구팀도 파견할 예정입니다. 지금까지 발생한 환자 수는 대략 백오십여 명입니다."

"그렇게 많아요? 아, 큰일 났네, 재난이네요, 재난!"

망연자실한 재후가 말을 잇지 못하자 각료들도 입을 열지 못하고 눈을 감거나 한숨을 깊이 내쉬었다.

"지금 가장 시급한 것은 무엇입니까?"

"일단 환자들을 격리하는 것과 감염경로를 차단하기 위해 방역을 실시하는 일입니다."

재후가 건강과학부 장관에 이어 국가안전부 장관에게 물었다.

"안전부에선 어떤 조치를 하고 있습니까?"

"네, 방송을 통해 재난 발생 사실을 알리고 국민들에게 주의를 당부했습니다. 곧 무산시를 전면 통제할 예정입니다."

"언론도 잘 살펴 주십시오. 잘못된 뉴스가 나가지 않게. 그리고 추이를 보면서 무산시에 비상사태를 선포할 준비도 해 주세요."

"네, 알겠습니다."

재후의 비통한 표정에 각료들은 고개를 깊이 숙였다.

"건강과학부 장관을 중심으로 각 부처가 서로 긴밀하게 협조하여 재난을 막을 방법을 찾아보세요. 책임질 일이 있으면 제가 다 지겠습니다. 또 말씀하실 게 있습니까? 없다면, 각자 자리로 돌아가시죠."

"네, 알겠습니다."

"참, 비서실장님, 오늘 일정은 취소해 주십시오. 내가 직접 비상상황실에 나가서 사태를 지켜봐야 할 것 같습니다."

고뇌에 찬 재후의 눈빛이 각료들에게 향하자 장관들이 서둘러 자리를 떴다.


광장에서는 여전히 아나운서의 다급한 목소리로 속보가 전해지고 있었다.


"방금 들어온 소식입니다. 국가안전부에서 무산시에 비상사태를 선포했습니다. 아울러 무산시의 통행을 차단하였습니다. 감염자가 속출함에 따라 환자들을 보호하고 다른 지구로 바이러스가 확산되는 것을 막기 위한 조치입니다. 또한 국민들을 불안하게 하는 각종 유언비어와 가짜 뉴스를 차단하기 위해 사이버 판옵티콘을 발령했습니다."

경찰은 다른 지구로 바이러스 확산을 막기 위해 무산시 1킬로미터 지점에 경계 차단막을 설치했다. 무산시로 들어가고 나오는 모든 통행과 차량이 통제되었다. 사이버 판옵티콘의 발령으로 통신마저 차단되니 다른 지구에 살고 있는 부모, 형제 친지들이 연락을 듣지 못해 발을 동동 구르며 가슴을 뜯었다.

재후는 서둘러 비상상황실로 갔다.

"현재, 상황은 어떤가요?"

"네, 의료로봇 120기와 안전, 방역로봇 150기를 투입하여 집중적인 방역과 더불어……."

"로봇 말고 의사들은?"

"그게, 지원자가 없어서……."

"이런 답답하군요. 지원자가 없으면 지명을 해서라도 현장에 내보내야죠. 의사들은 히포크라테스 선서가 부끄럽지 않답니까? 당장 의사들을 차출하여 현장에 보내세요."

"예, 알겠습니다."

재후의 질책에 건강과학부장관의 얼굴이 굳어졌다.

"모두 정신 바짝 차립시다. 우리는 국민들을 위해서 이 자리에 있는 사람들이에요. 국민의 생명을 지키지 못한다면 정부가 무슨 필요가 있습니까. 참, 장관님이 생각하기에 이 사태의 발생 원인은 무엇인 것 같습니까?"

"네, 아직은, 신종 바이러스로 추정하고 있을 뿐입니다. 원인 규명을 하고 있으니 곧 알 수 있을 것 같습니다."

건강과학부 장관의 얼굴에 피로가 가득했다.

"이거, 참 사람들이 죽어 가는데…… 아니지, 내가 직접 들어보고 싶소. 바이러스 전문 연구원을 잠시 만날 수 있겠습니까?"

건강과학부 장관이 급히 바이러스 연구팀 연구원을 호출했다. 헐레벌떡 뛰어온 젊은 연구원은 잔뜩 긴장한 표정으로 재후 앞에 섰다.

"연구원 정빈입니다."

"수고 많으십니다. 현재 연구는 어떻게 진행되고 있습니까?"

"네, 환자들에게서 채취한 혈액과 분비물로, 미생물 분자기술을 이용한 연쇄반응 검사와 바이러스 배양검사를 진행하고 있습니다."

"바이러스인가요?"

"네, 급속히 진행되는 전염 양상으로 봐서는 그런 것 같습니다. 추정하기는 얼마 전, 열대 밀림지역에서 발견된 바이러스

H5N1/44 고병원성 인플루엔자와 유사한 것 같습니다만 기존의 백신으로 효과가 나타나지 않으니, 변형된 신종인 것 같습니다."

"신종이라…… 언제쯤이면 좀 더 자세하게 알 수 있나요?"

"앞으로 약 일주일 정도 걸릴 것 같습니다."

"일주일이라? 그럼 원인균을 규명하면 백신 개발은 곧바로 가능합니까?"

"그것도 아직은…….'"

"아, 어쩐다! 그럼, 지금 상태를 판데믹으로 봐야 합니까?"

"전염 속도로 봐서는 그렇게 보입니다."

재후가 체념한 듯 눈을 감았다. 바짝 마른 입술 사이로 한숨만 새어나왔다. 건강과학부 장관이 침묵을 깼다.

"그래서 지금 최고 위험 단계로 질병 경보 수위를 높였습니다."

그제야 눈을 뜬 재후가 갈라진 목소리로 연구원에게 말했다.

"가능한 한, 최선을 다해 주십시오! 참, 중앙미생물연구소 한서준 박사가 바이러스 연구에 실적이 큰 것으로 알고 있는데 그쪽에도 도움을 요청해 보시고요. 이렇게 위급한 상황에선 힘을 합쳐야 해요."

"네, 알겠습니다."

"장관을 비롯하여 연구팀 모두가 수고가 참 많습니다. 끝까지 최선을 다해 주세요. 사람들을 살려야 하지 않겠어요?"

재후의 절박한 당부가 적막한 공기를 갈랐다.

봄햇살은 꽃봉오리를 감싸며 해살거렸지만 온 나라가 두려움과 공포에 떨고 있었다. 학교는 임시 휴교를 했고 회사와 기관들도 임시공휴일로 정하고 문을 닫았다. 한산한 거리엔 가끔씩 마스크로 얼굴을 감싼 채 눈만 빼꼼, 내놓은 사람들이 종종걸음을 칠 뿐 바람마저 외롭게 지나갔다.

8

서준은 막 퇴근을 하고 자동차에 올랐다.

서준이 살고 있는 동문로 40번 길, 그 길에도 벚꽃이 흐드러졌다. 가로등 불빛에 휘날리는 꽃잎이 나비처럼 팔랑댔지만 그는 눈길 한번 주지 않고 묵묵히 도로 끝, 철제 울타리 안으로 들어갔다. 스틸 소재로 지어진 집은 자체 발광으로 은은하게 빛을 발하고 있었다. 마당에 들어서면 드문드문 잔디가 심겨 있고, 그 한쪽 귀퉁이에 작은 창고가 있었다. 창고 외벽에는 간단한 정원용 장비들이 걸려 있었지만 지난해 자란 마른 풀들이 아직도 어지러운 것을 보니 정원을 가꾼 흔적은 없었다. 그는 자동차를 주차한 후, 지문인식기로 문을 열고 안으로 들어갔다.

거실과 주방은 경계 없이 검은색 마호가니 원목의 소파와 식탁이 놓여 있고 한쪽 벽면은 깨끗한 책들이 서가를 이루고 있었다. 특이한 것은 식탁과 거실 탁자, 의자 등받이와 선반 위, 심지어 바닥에 까지 크고 작은 하얀 수건들이 검은 가구와 대비를 이루며 놓여 있었다.

그는 집 안에 들어서자마자 하얀 수건에 청결액을 뿌려서 손 닿는 곳을 꼼꼼하게 닦았다. 닦은 곳 여기저기를 검지로 확인까지 한 후, 옷을 벗고 욕실로 스며들었다. 그가 세상에서 가장 안락하게 느끼는 그곳은 크림톤 대리석으로 벽과 바닥을 깔고 천장에 둥근 샤워기를 매단 꽤 넓은 공간이었다. 천천히 샤워기 가까이에 다가서자 동심원을 그리며 물줄기가 쏟아졌다. 손바닥으로 물의 온도를 가늠한 후, 물줄기 속으로 들어갔다. 가만히 서서 온몸을 때리고 튕겨나가는 물방울을 맞으며 흐느끼듯 노래를 불렀다.


*먼 떡갈나무 위의 비둘기, 비둘기*
*비둘기, 한~마리 날아갔다.*
*두~마리 날아갔다.*
*세~마리 날아갔다.*

*먼~떡갈나무 위의 비둘기, 비둘기 날아~갔~다.*

날아갔다,를 느리게 반복하다가 고개를 저었다. 오래전 이 노래를 함께 부르며 뛰어 놀던 재후의 모습은 지우고 싶었다. 아니, 반드시 그래야만 한다. 과학고 본관 101호와 하얀 긴 머리 여자, 그 여자를 똑바로 쳐다보며 거침없이 거짓을 말하던 비열한 그 눈빛만 기억해야 한다, 는 생각에 이르자 울음도 웃음도 아닌 기억의 씁쓸한 잔해들이 목구멍을 타고 올라왔다. 그를 처음 만났던 날, 같이 뒹굴며 놀고 공부하던 일, 싸우고 화해하고, 웃었던 유년의 자락들이 눈앞에 떠올랐지만 머리를 흔들며 애써 지워 버렸다. 온몸을 때리며 흘러내리는 물줄기처럼 언젠가는 이 분노와 원한도 흘러내리리라, 스스로를 위로하는 그의 심장이 짐승의 그것처럼 벌떡거렸다. 그는 꽤 오랫동안 물줄기를 받아내며 그대로 서 있었다.

전화벨이 길게 울렸다. 그가 욕실에서 막 나와서 타올로 몸을 감쌀 때였다.

"한서준 박사님, 안녕하십니까? 건강과학부 장관입니다. 총리님께서 박사님을 추천해 주셔서 전화 드렸습니다. 무산시에서 발생한 악성 바이러스에 대해서 박사님의 도움이 필요합니다. 좀 도와주십시오."

전화를 받은 그는 머릿속이 하얘지면서 자기도 모르게 목소리가 높아졌다.

"총리의 추천이라고요?"

"네."

장관의 대답에 얼음물을 뒤집어 쓴 듯 갑자기 한기가 느껴졌다. 이것은 애초에 그들의 시나리오에 없던 이야기였다. 설마 무덤까지 가지고 가야 할 둘만의 이야기를 누군가에게 흘린 것은 아니겠지? 그렇다면 자기를 장관에게 추천한 재후의 의도는 무엇일까? 눈앞이 아득해지면서 현기증이 일었다. 갑자기 자신이 못난 허수아비가 되어 빈 들판에 서 있는 것 같기도 하고 우스꽝스러운 광대가 된 것 같기도 해서 심한 모멸감이 느껴졌다.

"장관님, 백신만 기다리지 말고 항체를 찾아보라고 하세요!"

한마디, 꽥 소리를 지르고 전화를 끊었다.

"비열한 놈, 비열한 놈, 비열한 놈!"

주체할 수 없이 화가 끓어올라서 발악하듯 소리가 터져 나왔다. 타올이 흘러내리는 줄도 모르고 온 집안을 겅중겅중 뛰며 발을 구르고 가슴을 쳤다. 그러다 어느 순간 냉정을 되찾은 그는 그 자리에 서서 고개를 가로저으며 중얼거렸다.

"어림없을걸! 내가 항체 정보는 주었지만, 쉽게 백신은 찾아 낼 수는 없을 거다. 단백질 변이체와 혈구응집소가 이상 현상을 나타낼 텐데 배양연구로 쉽게 찾아낼 순 없지. 그리고 헤르페스 B형과 유사한 응집, 변이 양상을 찾아내려면 시간도 꽤 걸릴 것이고…… 모체를 집중적으로 관찰하면 결국 찾아내긴 하겠지만."

다시 새 타올을 꺼내 꼼꼼하게 몸을 닦던 그는 현장 상황을 보려고 텔레비전을 켰다. 여전히 특별재난 방송이 계속되고 있었다. 환자들 사이를 분주하게 뛰어다니는 의료진들, 시끄러운 소리를 내며 달려오는 앰뷸런스, 메디컬로봇에서 들리는 끊임없는 기계음, 병상에서 고통을 호소하는 사람들, 그 사람들 중에, 곧 숨이 끊어질 것같이 혈색을 잃은 사람들, 사람들…… 그는 바짝 다가앉아 화면을 주시했다. 그에겐 모든 움직임이 해골처럼 보였다. 걸어 다니는 해골, 병상에 누운 해골, 소리치는 해골, 들것에 들려 있는 해골, 지금은 저렇게 살갗이 감싸고 있지만 곧 호흡이 끊어지면 살갗은 걷히고 뼈만 남게 될 것이다. 모두가 해골로 살아간다면? 해골이 걸어다니고 해골이 춤추고 해골이 이야기하고. 차라리 해골들의 세상이라면 모두가 평등하지 않을까? 배신하고 배신 당하지 않고 살아갈 수 있지 않을까? 그는 눈을 감았다. 화면 속에서는 통곡 소리가 이어졌다. 사랑하는 가족을 잃고 울부짖는 사람들의 목소리, 소리들. 그는 허공으로 고개를 젖히고 어금니를 꾹, 깨물었다.

9

 

 

센트럴돔에서 두 시간 거리인 무산시는 지방자치 중간지구
의 공공기관이 자리 잡았던 곳이었지만 몇 년 전, 센트럴 타워
돔으로 흡수되면서 도심 곳곳에 폐쇄된 빈 건물이 남아 있었다.
한동안 흉물처럼 방치된 건물 때문에 무산시 시민들의 원성이
높았다. 결국 정부에서는 건물을 리모델링하여 거동 가능한 노
인들과 연금생활자인 무직 청년들에게 공급하기 시작했다. 이
들은 대부분 자발적인 경제활동이 없는 사람들이어서 도시는
점점 침체되었다. 그러다 보니 제법 큰 병원들도 대부분 노인병
원으로 간판을 바꿔 달았고 남아 있는 몇 군데의 종합병원은
규모를 줄였다.

재난이 발생하자 건강과학부에서는 궁여지책으로 아직도 비어 있는 몇몇 건물에 임시 응급센터를 마련하고 의사와 메디컬 로봇을 동원했다. 하지만 밀려드는 환자를 수용하기엔 턱없이 부족했다. 또한, 무산시의 통신 차단으로 다른 지역의 병원에 도움을 요청했지만 응답이 늦었다. 환자 유입을 기피하거나 반대하는 사람들 때문에 다른 지역으로 환자들을 옮길 수도 없었다.

삽시간에 공포의 도시로 변한 무산 시내는 연신 앰뷸런스가 달리고 응급전화벨이 울렸다. 병원과 임시 응급센터에 환자들이 넘쳐나고 열에 들뜬 환자들은 울부짖었다. 워낙 많은 환자들이 밀려오니 의료진들도 미처 손을 쓸 수가 없었다.

흐드러진 벚꽃 위엔 방역 로봇이 분사하는 소독약이 뒤덮였다. 거리뿐만이 아니라 집 안팎까지 찾아온 방역팀이 소독약을 마구 뿌려 대니 사람들은 막혀오는 숨통을 쥐어뜯으며 떨었다. 여기저기서 졸지에 가족을 잃은 사람들의 통곡 소리가 애달프게 들려왔지만 사방이 통제된 상황이라 그들의 죽음을 누군가에게 알릴 수도, 찾아가 위로해 줄 수도 없었다. 그냥, 무산시 사람들은 속수무책, 죽음의 공포와 싸우며 멍하니 시간을 죽이고 있었다. 그들은 저주 받은 죽음의 섬에 갇힌 포로들과 다름없었다. 그래도 희망적인 것은 서준의 한마디 처방대로 수혈을 받은 환자들 중에서 열이 내리고 복통이 멈춘 사람들이 나타나기 시작한 것이다. 희망을 본 의료진들은 더 열심히 항체를 가진 사람들을 찾아다녔고, 소식을 들은 사람들은 스스로 찾아와 팔을 내밀기도 했지만 사망자 수는 줄어들지 않았다.

재후는 무산시에 재난이 발생한 후에는 아침마다 재난 대책 회의를 직접 주재했다. 일찍 출근한 라희는 회의에 필요한 전자 기기와 집기들을 점검했다. 곧이어 안전부 장관과 건강과학부 장관이 입을 굳게 다물고 들어왔고 비서실장과 재후가 들어왔다. 라희가 재후를 향해 고개를 숙이자 그도 고개를 한번 끄덕이며 눈인사를 건넸다. 재후가 자리에 앉는 건강과학부 장관에게 먼저 물었다.

"한 박사가 말한 항체는 어떻게 되었습니까?"

"예, 혈액을 투여한 환자들의 상태가 점점 호전되고 있습니다. 하지만 항체를 가진 사람들의 혈액 확보가 쉽지 않습니다."

"선천적으로 HIV 항체를 가진 사람들이라고 했지요?"

"예, 무산시 사람 중에 감염되지 않은, 혹은 감염되었더라도 증상이 나타나지 않는 사람들을 대상으로 찾고 있습니다. 그것도 그렇지만 문제는 젊은 사람들은 직접 응급실로 찾아와 항바이러스제를 투여하고 경중에 따라 음압병실에서 치료를 받고 있지만 고령자들을 미처 손쓸 시간도 없이 그대로 사망하는 경우가 많아서 걱정입니다. 일일이 찾아다니기엔 손이 모자라고."

"안타까운 일이오. 늙든 젊든 생명은 다 소중한데…… 어쨌든 항체 수혈의 결과가 나오면 알려 주시오. 백신은 언제쯤이면 되겠소?"

"예, 배양 검사가 끝나가니 곧 찾아낼 수 있을 것 같습니다."

건강과학부 장관의 눈 밑이 한뼘이나 검게 내려와 있었다.

"장관님이 수고가 많네요. 하루 이틀 끝날 일도 아니니, 좀 쉬면서 하세요."

재후의 위로와 격려에 장관의 고개가 숙여졌다. 재후가 그 옆에 묵묵히 앉아 있는 국가안전부 장관에게도 물었다.

"무산시 통제는 잘 이루어지고 있지요?"

"네, 사람들의 반발이 있지만 잘 유지되고 있습니다."

"시민들을 잘 설득하면서 계속 수고해 주세요."

"네, 알겠습니다."

간단히 회의를 마치고 장관들이 나갔다. 재후가 라희와 눈길이 마주치자 코끝을 찡긋하며 라희 귀에만 들릴 만큼 작은 소리로 말했다.

"힘, 들, 다!"

라희가 옆에 있는 비서실장의 눈치를 보며 일부러 목소리를 높였다.

"총리님, 힘내세요. 지금 봄꽃이 한창이에요."

"봄꽃?"

그의 입가에 흐릿하게 미소가 번졌다.

"슬프디, 슬픈 봄꽃이지요."

비서실장이 지나가는 말처럼 쉰소리로 받아내자, 재후가 입을 꾹 다물며 물끄러미 바라보았다.


봄비가 축축하게 연일 내렸지만 꽃진 자리에 돋은 잎새들은 날마다 무성해 갔다. 온 산하가 온통 녹색 세상으로 뒤덮일 때, 드디어 백신이 완성되었다.

느린 시간 속에 절망하던 사람들은 다시 힘을 내기 시작했다. 백신은 신속하게 환자들에게 투여되었고 사망자들의 숫자가 줄어들기 시작하면서 무산시를 둘러싸고 있던 죽음의 그림자가 서서히 걷히기 시작했다.


건강과학부 집계로는,

사망, 529명.

음압병실 격리환자 98명.

아직도 불안을 떨쳐 버릴 수는 없지만 그래도 무산시를 굳세게 막고 있던 출입 통제가 해제 되었다. 통신 및 차량통행이 재개되자 다른 지구에 살면서 애태우던 가족들이 서로 얼싸안았다. 하지만 가까운 가족, 친척들의 사망 소식에 통곡 소리도 높았다. 때를 같이하여 돔 광장에도 사람들이 몰려나와 무산시를 물리적인 통제와 사이버 판옵티콘으로 고립시켰던 정부를 거세게 비난하며 항의했다. 통신 단절로 파편처럼 흩어져 고립의 고통을 겪어야만 했던 가족들도 속속 모여들었다.


"총리는 나와서 해명하라!"

"건강과학부를 해체하라!"

"우리의 숨통을 막아 놓은 정부는 물러가라!"


센트럴돔 안에 있던 사람들은 숨죽이며 그들의 외침을 받아냈다.

"아무래도 총리님께서 나서야 할 것 같습니다."

비서실장의 말에 재후가 벌컥 화를 냈다.

"담당 장관들이 있는데 왜, 내가 나가서 직접 해명해야 한단 말입니까? 언제까지 내가 모든 일의 전면에 나서야 합니까?"

"그게, 국가적인 재난이라……."

"이봐요, 비서실장, 채찍과 당근 모릅니까? 무산시에 당근을 제시하란 말이오. 그들이 물러날 수 있는 조건들을 찾아봐요. 장관들 소집하여 해결책을 가져오시오."

"예, 알겠습니다."

몰아치는 재후를 뒤로하고 문을 열고 나가는 비서실장의 어깨가 가늘게 떨렸다. 3대째, 재후 집안을 섬기며 살아왔지만 이번처럼 두렵고 당혹스러운 일은 처음이었다. 그의 할아버지와 아버지도 이렇지는 않았다. 이 젊은 권력의 끝은 어디인지, 늙고 빈약한 어깨가 흔들렸다.

한참 후, 비서실장이 합의문을 가지고 들어왔다.

"여기 당근을 가지고 왔습니다."

비서실장이 의미심장한 말과 함께 문서를 전했다. 비서실장의 불성실한 어투에 비위가 상한 재후의 눈초리가 올라갔다. 둘 사이에 잠시 냉랭한 기운이 감돌았다.


─바이러스로 인한 사망자의 치료비 및 장례비 일체를 정

부에서 부담한다.

　—피해를 본 사업장은 세금을 감면하고 피해액의 80퍼센트를 보상한다.

　—지금 병원에서 치료 중인 환자들의 의료비는 전액 정부에서 지원한다.


"80퍼센트 보상?"

합의한 액수에 놀랐지만 곧 고개를 끄덕였다. 당장 들어갈 보상금이 문제가 아니었다. 이미 파악한 대로 사망자 대부분이 기본연금 대상자다. 그러면 그들의 기본연금은 더 이상 지급하지 않아도 된다. 그는 흡족한 표정으로 고개를 끄덕였다.

"연설문을 만들어 오시오."

연설비서관들이 연설문을 만드는 동안, 코디네이터가 들어왔다. 아침에만 해도 이런 시위가 벌어지리라 예상하지 못했다. 코디들은 곧, 재후의 멀끔한 얼굴에 짙은 파운데이션을 바르고 턱 선을 따라 음영을 넣었다. 금세 근심으로 초췌해진 모습으로 바뀌었다.


재후가 대국민 담화를 시작했다.

"이번, 신종 바이러스로 인해 많은 사망자가 발생하였고 아직도 생사를 다투며 치료 중인 환자들이 있습니다. 참으로 참담한 심정을 금할 길이 없습니다. 정부에서는 긴급히 의료진을 파견하여 최선을 다했습니다만, 원인을 알 수 없는 신종 바이러스라 피해가 컸습니다. 사랑하는 가족을 잃은 모든 분들께 마음 깊이 위로를 드리며 환자들은 최선을 다해 치료할 것입니다. 또한 피해를 입은 사업장은 세금을 감면할 것이며 피해액의 80퍼센트를 정부에서 보상할 것입니다."

연설문을 읽어내려 가는 재후의 목소리가 젖어들었다. 두 눈엔 설핏, 눈물까지 비쳤고.

"이번 일을 당하면서 저도 밤잠을 이루지 못했습니다. 고통당한 사람들을 생각하면 마음이 너무 아픕니다. 국민의 귀중한 생명을 지키라고 이 자리에 세워 주셨는데 제가 소임을 다하지 못했습니다. 용서해 주십시오. 하지만 제 자신을 질책하기에 앞서 가족을 잃고 슬픔을 당한 분들을 위로하고 치료 중인 환자들을 돌보아야 할 책임이 더 큰 것 같습니다. 국민 여러분, 저와 정부를 믿으시고 조금만 기다려 주십시오. 무엇보다 사람의 생

명이 우선이니 치료 중인 환자들이 속히 완쾌될 수 있도록 최
선을 다하겠습니다."

센트럴돔 광장의 시위대와 방송을 보고 있는 사람들이 재후
의 진솔하고 진정어린 모습에 마음이 흔들렸다. 사람들은 하나
둘, 광장을 떠나기 시작했다.

10

아침나절 쏟아진 소낙비로 관저 앞 정원은 말끔히 씻겨 있었다. 햇살이 환하게 내리자 나뭇잎은 더욱 푸르게 반짝였다. 재후와 서준이 나란히 앉아서 오후의 녹음을 즐기고 있었다.

"무산시 사태로 시위가 벌어지더니 금세 조용해졌네."

"그러게. 세상에서 가장 순진한 게 국민들이지. 우는 아이에게 아이스크림을 쥐어 주면 뚝, 그치는 것처럼 말이야. 아, 그 동화도 있었다. 마녀가 아이들을 살찌워서 잡아먹으려고 과자의 집으로 유인하던. 죽는 줄도 모르고 과자에만 혹하는, 그게 국민들이지."

"아니야, 그건, 아이들이 과자에 혹한 게 아니라, 결국 아이들을 잡아먹으려던 마녀가 당한 얘기야. 총리도 조심해야 할 거야. 능동적으로 깨어 있는 국민들도 많다는 생각을 해야지. 그들이 조직된 힘으로 연대를 한다면, 지금 의회를 차지하고 있는 의원관료나 3대째 직업정치인으로 살아가는 정치꾼들이 잡아 먹힐 수 있지."

"그건 걱정하지 마. 그들은 오래 지속적이지도 않고 견고함도 없어. 자신들에게 불리하거나, 특정한 이슈가 있으면 불같이 일어나 돔 광장에 몰려오지만, 시간이 지나면 곧 소멸되고 사그라져 잊어버리고 기억하지 않아. 내가 처음 정치판에 발을 내디딜 때 우리 할아버지가 하신 말씀이 있지. 겁내지 마라, 유권자들은 금붕어다. 뻐끔뻐끔…… 선거 때 단 하루만, 권리를 행사하는 어항 속의 금붕어들. 요즘은 귀찮다고 손가락만 까닥하면 되는 전자 투표도 안 하는 사람들이 많지."

"나도 나중에 시민운동이나 해 볼까? 불같이 일어날 때, 그 에너지를 끌어 모아 조직하고 연대해서 김재후 총리를 물러나게 만들……."

서준이 농담을 하자 재후가 엄살을 부리듯, 말했다.

"한번 봐줘. 너 같은 두뇌가 앞장서면 정말 내 자리가 위태로울 거다."

167

"걱정 마, 난 시민운동을 할 만큼 정의롭고 의식 있는 사람은 아니야. 그런데 어쩐 일로 이렇게 대낮에?"

서준의 말에 재후가 씩 웃었다.

"오늘은 모처럼 좀 한가해. 총리라고 늘 바쁜 것만은 아니야. 참, 자네 고양이는 의전실에서 돌보고 있어."

"의전실이라면, 라희가?"

"그래, 고양이가 라희를 독차지하는 특권을 누리고 있지. 참, 그 노래 생각난다."

재후가 가만히 흥얼댔다.


*먼 떡갈나무 위의 비둘기, 비둘기*

*비둘기~~*

*한~마리 날아갔다.*

*두~마리 날아갔다.*

*세~마리 날아갔다.*

*먼 떡갈나무 위의 비둘기, 비둘기 날아갔다.*


서준도 잠깐 추억에 젖어들었다.

"지금도 그 게임이 있나? 그러고 보니, 뜻 없이 불렀던 노래에 어떤 의미가 담긴 것 같아. 우리 셋이 세 마리 비둘기처럼 각자 날아다니고 있는 것 같아. 안 그래?"

"글쎄, 날아다니고 있는지, 벌써 날아가 버린 것인지, 먼 떡갈나무를 바라보며 아직도 미련을 버리지 못하고 앉아 있는 것인지……."

서준의 대답이 쓸쓸했다.

"저기 라희가 오고 있네."

재후가 가리키는 곳에 흰 블라우스에 갈색 슈트 차림의 라희가 고양이를 안고 걸어오고 있었다. 라희가 가까이 다가오며 그들을 향해 깍듯이 고개를 숙였다. 서준이 얼른 일어나 고양이를 받아 안으며 말했다.

"친구끼리 만났을 땐 이러지 말자."

"아닙니다. '눈과 귀가 있어도 입은 없다'는 게 센트럴돔, 비서관의 불문율입니다."

라희가 농담을 하며 웃었다.

"깜장아, 잘 있었니?"

"깜장이, 호호, 얘 이름이 깜장이야? 우리 직원들이 지은 이름이 까망이었거든, 깜장이와 까망이?"

"깜장이, 까망이 둘 다 좋은데, 녀석에게 좋은 향기가 나네.

털도 반지르르하게 윤기가 나고. 꽤 까탈스러운 녀석인데 돌보느라 고생했어. 그런데 좀 며칠 더 맡아 줘야 할 것 같아. 녀석이 이곳 냄새에 익숙해질 때까지는."

"좋아, 우리 직원들이 난리야. 이 녀석 없으면 무슨 낙으로 출근을 할까, 고민된다는 사람도 있어. 다시 데리고 가면 엄청 반길걸. 지금 데리고 가?"

"아니, 이따가 갈 때 연락할게."

"그래, 그럼 난 바빠서 이만."

라희가 고양이 머리를 손으로 쓰다듬은 후, 돌아섰다. 그녀도 이 밝은 햇살 아래에서 친구들과 마주하고 싶었지만 근무 시간에는 개인적인 감정보다 업무가 먼저였다. 재후는 자신이 섬기는 최고 권력자이고 서준은 재후의 1급 보안 손님이다. 더더욱 보는 눈이 많은 업무 시간에는 공과 사를 분명히 하고 싶었다.

"야옹."

"앗, 저놈이."

뒤돌아 걷던 라희가 고양이 소리에 고개를 돌렸다. 서준 무릎 위에 있던 고양이가 저만큼 정원을 향해 내달리고 있었다. 서준이 고양이를 잡으려고 뒤쫓아 갔다. 라희도 가던 길을 멈추고 고양이를 쫓았다. 사철나무 울타리를 요리조리 빠져나가더니 어느

새, 연못 쪽을 향해 달렸다. 라희는 울타리를 돌아서 뛰었다. 금방 잡힐 줄 알았는데 연못을 돌아서 발발거리며 나무들 사이로 쏙, 쏙 빠져나갔다. 쫓아가면 나무 사이로 빠져 달아나고, 또 쫓아가면 저만큼 달아나서 얼굴만 쏙 내밀고, 숨바꼭질이 계속되었다. 한참을 그렇게 애를 태우더니 녀석도 지쳤는지 나무 밑에서 멈칫거렸다. 라희가 재빨리 녀석의 목덜미를 잡았다.

"아얏!"

빠져나가려 버둥거리던 녀석의 발톱에 손등이 긁혔다. 금세 손등에 붉은 줄이 가고 핏방울이 맺혔다. 제법 따갑고 쓰라렸다. 바지 주머니에서 손수건을 꺼내려는데 주머니 속에 넣어 두었던 작은 칩이 딸려 나와 바닥에 떨어졌다. 조금 전, 직원 교육에서 받아 온 새로운 기기였다. 부착 즉지 대상자의 위치를 알 수 있고 녹음까지 가능한 특수 칩이라고 했다. 녀석을 한 손에 잡은 채, 칩을 집으려다가 장난기가 발동했다. 평일 대낮에 공관 앞마당에서 여유를 부리고 있는 두 남자가 궁금했다. 그녀는 녀석의 엉덩이 털을 헤집고 감쪽같이 칩을 붙인 후, 엉덩이를 두드렸다.

"까망 씨, 잠시 제 귀가 되어 주세요."

담당 교관이 용도가 분명하지 않은 기기 사용은 문책의 대상이라고 강조하던 말이 생각났지만 어차피 오늘 안으로 다시 만날 녀석이었다. 라희가 녀석을 데려다주고 떠나자 재후가 사뭇 진지하게 입을 열었다.

"친구, 언제 시작할 거야?"

재후의 물음에 서준이 핀잔을 줬다.

"너무 다그치지 마."

"아니야. 빨리 시작해야 해."

"이런, 어린애처럼 조급하기는."

"정말이야. 좀 빨리 시작하고 끝내야 해. 이번 유토피아 프로젝트로 줄일 수 있는 숫자는 얼마나 될까?"

"그거야 알 수가 없지."

"새로운 변종이겠지?"

"그래서 시간이 필요해."

"참, 분명하게 말해 둘게 있어. 보안 손님이라도 이곳을 드나들면 자유롭지 못해."

갑작스러운 그의 위협에 잠시 어리둥절하던 서준이 은근한 어조로 말했다.

"난 사람의 마음을 꿰뚫어볼 줄 알아."

"꿰뚫어본다? 독심술이야? 하긴, 늘 현미경으로 바이러스를 들여다보고 사니까 사람의 마음도 볼 수 있겠지. 어때? 내 맘을 보니 이미 과감하게 패를 던지고 있는 게 보여? 네가 그 한 패를 잡고 있는 것도?"

"한 패를 잡고 있다? 그렇지. 때론, 권력자의 말이 법보다 위에 있기도 하니까 내 생각 따윈 별로 중요하지 않을 수 있지. 하지만 나도 내가 잡은 그 한 패를 허술하게 다루진 않을 거야. 두 패는 결국 하나로 시작되었으니까."

서준이 눈썹 하나 까닥하지 않고 판에 새기듯 또박또박 말했다. 재후도 꼿꼿한 눈빛으로 그를 바라보았다. 서준도 그 눈길을 피하지 않았다. 아무리 친구라도 자신이 만들어 가는 역사에 거슬린다면 언제든 쳐 낼 수 있다는 재후의 자신감과 최고 권력자인 재후의 아킬레스건을 쥐고 있다는 서준의 간교함이, 서로의 눈빛 속에 무언의 경고와 압박으로 교차하고 있었다.

11

라희는 고양이 엉덩이에서 칩을 떼어 내며 웃었다. 자기가 생각해도 뜬금없는 장난이었다. 컴퓨터에 칩을 꽂는데 살짝 기대와 흥분이 일었다. 두 남자가 무슨 얘기를 했을까, 볼 때마다 뭔가를 감추는 것 같은 알쏭달쏭한 표정이 궁금했었다.

곧이어 이어폰으로 뭔가 보채는 듯한 재후 목소리와 툭툭 내뱉는 듯한 서준의 목소리가 들렸다. 목소리만으로는 둘의 감정선을 알 수 없지만 뭔가 심각한 어투인 것은 확실했다. 그런데 갑자기 예상치 못한 말이 나오자 라희는 깜짝 놀라서 다시 리플레이를 했다.

"이번 유토피아 프로젝트로 줄일 수 있는 숫자는 얼마나 될까?"

유토피아 프로젝트? 얼마 전에 재후가 말하던 유토피아? 그런데 무엇을 줄인단 말이지? 처음에는 재후가 서준에게 무언가를 재촉하는 것 같고, 그다음은 팽팽히 맞서는 것 같은데 도무지 맥락을 잡아낼 수 없었다. 마치 코끼리 다리를 더듬 듯 답답했다. 또 다시 녹음된 목소리를 들었다. 말투는 무심한데 그 무심함 속에 뭔가 비장한 것이 느껴지는 것은 왜일까? 문득, 그 여름날에 보았던 서준의 붉은 눈빛이 떠올랐다. 끝내지 못한 숙제처럼 늘 마음 한 켠에 남아 있던 서준의 붉은 눈빛! 그 눈빛으로 멀리 가 버렸던 서준이 어느 날 불쑥 나타나 발 벗고 나서서 재후의 선거를 도왔다?

"우정일까?"

뭔가 석연치 않은 구석이 있었다.

"둘이서 무슨 일을 꾸미기라도 하는 걸까?"

알 수 없는 불안과 두려움이 느껴지면서 자꾸 부정적인 의심이 마음을 짓눌렀다.

결국 그녀는 집으로 돌아온 후, 서준에게 전화를 했다.

"그렇지 않아도 통화하고 싶었는데, 라희, 영상통화 괜찮아?"

서준의 목소리에 반가움이 담겨 있었다.

"알았어, 잠깐만."

라희는 대충 걸치고 있던 검은 슬립 드레스를 벗어 던지고 급히 실내복으로 갈아입었다. 잠시 후, 동그란 두 눈에 미소를 담은 서준의 얼굴이 화면에 나타났다. 서준도 방금 샤워를 한 듯 머리가 젖어 있었고 청색나이트 가운 차림이었다.

"라희, 그렇지 않아도 낮에 잠깐 보고 헤어져서 아쉬웠는데."

라희, 서준은 늘 그렇게 불렀다. 라희, 하고 부르면 아련한 추억들이 가슴에 싸아하게 번지는 것 같았다.

"오늘 내가 왜 그곳에 갔는지 그게 궁금해서 전화했지? 음, 그러니까 나도 너처럼 재후를 도우려고. 우리 모두의 미래를 위해, 유토피아를 위해!"

눈치 빠른 서준이 요점 정리하듯 차분히 말했지만 라희는 마음속에 쟁여 놓듯이 새겨들었다.

"유토피아를 위해? 유토피아가 뭐야?"

"말 그대로 평등하게 잘 사는 세상을 만들자, 뭐 그런 거야."

서준이 대수롭지 않은 투로 말했지만 라희가 정색을 했다.

"서준아, 사실, 난 네가 재후를 돕는 게 뭔가…… 아. 미안. 내가 원래 에둘러 말을 잘 못하잖아. 그래, 정직하게 말할게. 내 생각이 불온한지 모르겠지만 너희들의 우정에 자꾸 의심이 가. 왠지 불안하기도 하고. 서준아, 솔직하게 말해 줘. 무슨 일이 있는 거야?"

"야, 진짜 불온하네. 친구의 우정을 의심하다니. 그냥 우정이야. 우정."

서준답지 않게 손까지 흔들며 과장스럽게 말했다.

"우정으로 재후를 도와준다면 다행이지. 하지만 그 유토피아, 그게 무엇인지 자꾸……."

둘이서 무슨 일을 꾸미는 것 같아. 라는 말이 목젖까지 올라왔다. 서준이 약간 냉소 섞인 어조로 말했다.

"우리 처음 만난 날, 네가 그랬지. 친구는 서로 손을 잡아야 한다고. 아, 마주 보고 웃어 보라고도 한 것 같은데. 네가 시키는 대로 다 했잖아. 그래서 우린 친구가 되었고."

라희는 더 이상 묻지 않았다. 서준이 말을 빙빙 돌리는 것을 보니 속을 내보이지 않을 것 같아서. 실망한 그녀는 유년의 추억 몇 가지를 끌어내는 서준과 건성으로 맞장구를 치다가 전화를 끊었다.

서준의 말이 진심이든 아니든, 세월이 많이 흘렀다. 지나간 과거는 과거일 뿐 그 과거 때문에 오늘을 의심해서는 안 될 것 같았다. 기억 속에 있는 나쁜 추억들은 이제부터 침묵으로 봉인해 놓으리라. 그 호텔에서 재후가 말한 것처럼 다 지나간 어린 시절의 일이니까. 먼 떡갈나무 위의 비둘기나 부르던 그때의 아이들이 아니니까.

하지만 다시 떠오르는 서준의 그 붉은 눈동자와 그들이 말하는 유토피아, 몹시 궁금했다…….

12

주말이면 총리 관저의 출입은 완전히 통제되었다. 그 통제구역을 재후의 안내를 받으며 아침 일찍 서준이 들어섰다. 총리를 완성해 가는 비서진 수백 명도 이날은 출근을 하지 않아서 보는 눈을 피하느라 신경 쓸 일도 없었다. 그림 속의 정물처럼 고요 속에 정지된 넓은 정원에서 맑은 새소리가 들려왔다. 정원을 걸어 들어간 두 사람은 곧장 지하실로 내려갔다. 재후의 지문 인식으로 문을 열고 들어서자 사면이 하얀 공간에 실험기기와 도구들이 가지런히 놓여 있었다. 자켓을 벗고 가운을 입는 서준을 바라보며 재후가 물었다.

"친구, 이번에도 그 고양이를 이용할 거야?"

"응, 그럴 생각이야."

서준이 장갑을 끼는 사이, 재후도 가운을 걸쳤다.

"엄마가 키우던 고양이라며?"

서준이 배양기 앞으로 다가서며 대답했다.

"그렇지 신지영 여사 고양이었지, 지금은 내 고양이고."

"눈이 무척 빛나더군."

서준의 얼굴에 뿌듯한 웃음기가 돌았다.

"영리한 녀석이지, 녀석을 키워 보니 신기한 게 많아. 고양이도 개들 못지않게 후각이 뛰어나. 입 안에도 후각세포가 있다니까. 감지 능력이 얼마나 뛰어난지, 자기가 좋아하는 음식을 먹고 온 날은 가까이 와서 좋아라하고, 싫어하는 음식을 먹고 온 날은 불러도 오지 않아."

"그래서 낯선 곳에 두어도 주인 냄새를 맡고 찾아오는구나."

"그렇지, 내 물건에 녀석의 페르몬이 잔뜩 묻어 있거든."

"녀석이 바이러스 주 호스트인데 생명엔 지장이 없어?"

"집중 치료를 하니까."

"강한 녀석이네. 네가 아끼는 고양이까지 끌어들여서 미안하다."

"어차피 녀석과 나밖에 없어."

대답을 했지만 서준의 마음 한구석이 아릿해 왔다.

녀석과 신경전을 벌이던 생각이 났다. 엄마가 요양센터로 간 날부터 녀석의 반항이 시작되었다. 먹이도 잘 안 먹고, 꾀죄죄 눈곱이 매달린 눈가는 물기가 축축했다. 아무리 불러도 엄마가 누웠던 침대 옆에서 꼼짝하지 않았다. 가까이 가면 사납게 하악질을 해 대며 구릿빛 눈알을 붉히고 달려들어서 오싹할 정도였다.

녀석을 굶겼다.

방 밖으로 끌어내었다.

좁은 창고에 가두었다.

녀석은 굴복하지 않았고 더 사나워졌다. 서로가 기 싸움에 밀리지 않자, 동거가 무리라는 생각이 들었다. 어쩔 수 없이 여행용 큰 가방을 펼쳐 놓고 그 속으로 몰아넣었다. 고민을 토로했던 고양이 집사, 연구원에게 줘 버렸다. 그러나 사흘이 지나지 않아서 연구원이 다시 데리고 왔다. 아무리 구애를 해도 말을 듣지 않아서 키울 수 없다고 했다. 정말이지 죽이지도, 살리지도 못하고 몇 날 며칠 애만 태웠다. 최후의 방법으로 선택한 것이 욕조에 수장시켜 버리는 것, 욕조 가득 물을 받았다. 사나운 녀석을 제압하려고 양손에 권투 글러브를 꼈다. 한쪽으로 몰아서 간신히 몸뚱이를 잡았다. 그대로 욕조 속에 던졌다. 두 눈을 꾹 감고 사정없이 머리통을 눌렀다. 그러나 녀석이 안간힘을 다해 물 밖으로 고개를 내밀었다. 녀석과 눈이 딱, 마주쳤다. 두려움에 떨고 있는 구릿빛 두 눈동자! 그 눈동자 속에 비치는 또 하나의 검은 눈동자, 그것은 바로 서준, 자신의 것이었다. 순간, 두 팔에 힘이 스르륵 풀렸다. 생각할 겨를도 없이 허우적거리는 녀석을 꺼내 가슴에 안았다. 갑자기 뜨거운 어떤 것이 눈가를 타고 흘렀다.

낯선 곳, 낯선 사람들 속에서 늘 흔들리며 두려움에 떨던 눈동자, 누군가에게 마음 한번 열어 주지 못하고, 희망조차도 담아내지 못했던 공허한 눈동자가 거기 있었다. 오롯이 자신의 인생을 살아내지 못한 슬픔에 젖어서…… 그의 깊은 곳에서 슬픔이 풀어져 나왔다. 녀석은 바들바들 떨었고, 녀석을 가슴에 밀착한 그는 울었다. 이제 남은 것은 아무것도 없다. 지금 이렇게 체온을 나누고 있는 검은 고양이 한 마리뿐! 녀석의 물기를 정성스레 닦아 주었다. 침대에 같이 누웠다. 녀석의 부드러운 털에서 따뜻한 온기가 느껴졌다. 눈빛을 나누며 서로 살아 있음에 안도했다. 그날부터 녀석과의 절절한 동거가 시작되었다.

"무슨 생각 해?"

재후가 생각을 자르고 들어오자 서준이 고개를 저었다.

"아무것도 아니야."

재후가 힐끗거리며 화제를 바꾸었다.

"서준아, 생각나니? 예전에 우린 광학현미경도 사용했잖아. 전자현미경은 선생님 허락을 받아야 사용할 수 있었고. 광학으론 세균들만 보이고 바이러스는 보이지 않았지. 그런데 요즘은 미생물 연구할 때, 모두 전자현미경을 사용하는 것 같아. 연구 환경이 좋아졌지."

"그랬나? 바이러스가 세균의 1000분의 1밖에 안 될 정도로 작으니까 광학으로는 안 되지. 이 작은 게, 재주는 좋아. 어딘가에 붙어 기생하면서도 자기를 감추려고 배짱 좋게 변이까지 하잖아."

"그 작은 놈들이 유용하게 쓰이네. 이번에도 계획대로 잘 될 수 있지?"

"해 봐야지. 확실하게 변종을 만들지 않으면 무용지물이야."

"그렇지, 넌, 정말 능력자야. 이번엔 좀 더 강력한 변종으로 유포 지역을 넓히면 어떨까?"

"어려워. 바이러스 특성상 혼자서는 생리대사 작용을 할 수 없기 때문에 숙주가 많으면 감당하기 어려워."

"이번에 확률은?"

"내 대답은 언제나 그랬듯이 슈뢰딩거의 고양이야. 50대50. 뚜껑을 열어 보기 전에는 아무도 모르지."

"슈뢰딩거의 고양이? 그건 양자역학적인 이야기잖아."

"그럼, 넌, 스페인 독감을 원하는 거야?"

재후의 노골적인 요구에 서준이 경고성 다짐을 두었다.

"너도 알잖아. 잉카제국이 망한 것은 스페인 군대 때문이 아니라 스페인에서 넘어온 천연두균 때문이라는 것을. 욕심 너무 부리면 모든 게, 다 날아갈 수도 있어."

"그 사이토카인 폭풍으로 면역력이 낮은 고령층보다 활동이 왕성한 젊은이들의 희생이 컸다고 하던데 면역이 더 활발하니 반응도 더 크게 나타났고."

"그러니까 젊든 늙든, 결국 면역력이지. 스스로 자기 복제를 하며 증식하는 바이러스는 면역력이 약한 사람들에겐 치명적이니까. 혈기왕성한 젊은이라도 운동하지 않고, 영양소를 제대로 섭취하지 않으니 면역이 무너질 수밖에. 면역이 깨지면 인생도 끝장인데 그걸 잘 모른단 말이야. 네가 국민들의 면역을 높이기 위해 뭘 좀 해 봐. 의무적으로 아침마다 헬스봇 체크를 받아야 한다, 체질별 맞춤 배양식품을 먹자, 등등을."

"건강과학부에 전달할게. 모든 국민들의 면역력을 높여서 바이러스를 이기게 하시오!"

연사처럼 목소리를 높이던 재후가 킥킥대자 서준의 눈초리가 올라갔다. 그 여름에도 저렇게 킥킥, 대며 아무렇지도 않게 일을 벌였으니까.

13

의전실장이 되면서 라희의 생활이 바뀌었다. 우선 돔 근처로 이사를 했다. 금방이라도 부르면 달려갈 수 있게. 취미생활도 잊었다. 동호인들과 주말마다 즐기던 오토바이 라이딩도 접었다. 새벽부터 밤까지 그녀의 시간은 총리의 시간에 맞춰져 있었다. 어쩌다 일찍 퇴근을 해도 좁은 오피스텔에 틀어박혀서 잠만 잤다. 그러다가 깨어나면 멍하니 텔레비전이나 보는 게 휴식의 전부였다.

주말 오후, 라희는 창문을 열어 놓고 낮잠에 빠졌다가 깨어 났다. 습관처럼 리모컨을 눌렀다. 마침, 건강 강좌가 나오고 있었다.

"건강은 개인의 문제가 아니라 사회 전체의 문제입니다. 지난 봄, 무산시에서 발생했던 악성 바이러스를 생각해 보십시오. 그때 정부의 신속한 초기 대응이 있었기에 확산을 막을 수 있었습니다. 그렇지 않았다면 다른 지역, 아니 온 나라에 위험한 상황이 벌어졌을 것입니다. 그러므로 건강은 사회와 직결된……."

무산시의 악성 바이러스라는 말을 듣는 순간, 라희는 스프링처럼 튀어 일어났다. 녹음칩에서 몇 번이나 들었던 재후의 목소리가 생각났다.

"유토피아 프로젝트로 줄일 수 있는 숫자는 얼마나 될까?"

김재후의 유토피아 프로젝트?
무산시의 악성 바이러스?
바이러스 학자, 한서준?
이들의 유토피아…….
무산시 사람들이 울부짖던 모습과 함께 여러 생각들이 한꺼번에 뒤엉켜 돌아갔다.

다음 날, 라희는 돔 안에 있는 중앙미생물연구소 자료 보관실에 들렀다.

검색대에서 무산시에 대한 검색을 시작했다. 역시 「무산시 재난 결과 보고서」가 있었다. 그런데 문서가 열람 불가로 잠겨 있었다.

"이 자료가 필요한데요."

라희가 담당 직원에게 묻자 그가 화면을 보며 말했다.

"F코드네요. F코드는 비밀 문서여서 열람할 수 없어요."

난감했다. 이대로 돌아가면 궁금증을 이기지 못할 것 같았 다. 잠시 망설이다 생각 끝에 신분증을 꺼내서 직원 코앞에 들 이밀었다.

"잠깐 볼 수 있을까요?"

직원이 신분증과 그녀를 번갈아 보며 고개를 끄덕였다.

"여기에 열람 사항을 적으시고 사인하세요."

그녀의 신분증을 보고 당연히 공무수행이라고 생각한 직원 이 신청서를 밀어 주었다. 열람 사유칸에 공무, 라고 쓰고 있는 라희의 손이 떨렸다. 자신이 지금 하고 있는 일이 드러나면 문 책이 따를 것이다. 비서관의 비리는 원아웃제여서 한 번이라도 적발되면 바로 강제 사직을 당할 수 있다. 센트럴돔에서 일어나 는 모든 일은 무덤까지 비밀로 가져가야 하는 게 비서관의 의

무사항이다. 그런데 지금 무엇을 파헤쳐서 알고 싶어 하는 걸까? 자료실 문을 열고 들어서는데 다리가 휘청하며 등에서 식은땀이 흘렀다.

직원이 알려 준 번호를 입력하고 확인을 누르니 잠겨 있던 서류 캐비닛이 열렸다. 꽤 두툼한 뭉치였다. 얼른 마이크로 카메라를 손에 쥐고 한 장 한 장 서류를 넘겨가며 찍었다. 입안은 바짝바짝 말랐고 가슴은 사정없이 쿵쿵 방망이질을 해 댔다. 서류를 다시 제자리에 넣고 밖으로 나오니 그제야 참았던 숨이 한꺼번에 터져 나왔다.


그날 저녁, 집으로 돌아와서 마이크로 카메라를 광 스캐너에 연결했다. 급히 촬영하느라 글씨들이 약간 흔들렸지만 읽는 데는 문제가 없었다.


"무산시에 발생한 바이러스는 숙주와의 접촉에 의한 감염으로 추정된다. 인체에 바이러스가 감염되면 약 7~10일 정도의 잠복기를 거쳐 환자의 호흡기를 통해 공기 중으로 확산된다. 역학 조사 결과는 첫 발병 환자로 추정되는 60대 여성이 지역 마트에서 물건을 사면서……."

왜 이것을 비밀 코드로 잠가 두었을까? 물론, 신개발 백신 같은 경우엔 정보가 유출될까 봐 F코드로 잠가 놓기도 하지만 이미 세계보건기구에 백신 등록을 한 후에는 곧 해제하는 게 원칙이다. 직원의 실수였는지, 아니면 누구의 지시가 있었는지 모르지만 의심의 여지가 다분했다. 다시 서류에 눈길을 두었다.

'낯선 고양이와 접촉했다는 사실을 확인했다……. 따라서 무산시 바이러스의 숙주는 고양이일 가능성이 높은 것으로 추정된다.'

"고양이? 까망이?"

서준의 고양이? 재후가 자신에게 돌보라고 했던 고양이? 아니, 언젠가 서준의 엄마를 찾아갔을 때 들었던 고양이 실험? 동시에 기억 속에 있던 고양이들이 어지럽게 엉켜서 튀어나왔다. 그렇다면 이 사건과 고양이는 어떤 연관이 있을까?

눈앞에 번개가 번쩍 했다.

"맞다, 고양이, 그래, 고양이다. 어쩌면 다시 고양이를 이용하기 위해 이 서류를 비밀로 봉해 놓았는지도 모른다."

여러 정황들을 맞춰 보니 합리적 의심은 끓어오르는데 앞뒤를 알 수 없으니 난감했다.

"재후가 새로운 변종이라고 했지? 혹시 그것이 바이러스 변종을 말하는 것은 아닐까? 서준이 고양이를 매개체로 다시 바이러스를 확산시키려고 하는 것은 아닐까?"

문득 떠오르는 서준의 목소리.

"…… 좀 더 맡아 줘야 할 것 같아. 녀석이 이곳 냄새에 익숙해질 때까지는."

분명히 그렇게 말했었다. 왜, 고양이가 총리공관의 냄새에 익숙해져야 할까? 공관과 고양이, 아무리 생각해 봐도 상관관계가 성립되지 않았다. 상관이 있다면 고양이를 핑계로 서준이 공관에 자주 나타난다, 는 정도일 것이다. 총리공관, 집무실과 부속실에서 일을 꾸미고 있는 것은 아닐까? 아니다, 보는 눈이 얼만데? 맞다, 관저라면 가능할 수도 있겠다. 하지만 제2부속실 경호원들이 전담하는 관저는 총리 가족의 사적이고 일상적인 공간이다. 가족이 있는 곳에서 일을 벌일 수는 없을 것이다. 아무래도 다시 서준을 만나 부딪쳐 보는 방법밖에는 없을 것 같았다.

14

하늘이 흐리더니 중앙미생물연구소 현관에 들어서자 빗방울이 후두둑거렸다. 현관에서 안내판을 찾아서 두리번거리는데 안내봇이 다가왔다.

"안녕하세요? 여기는 A동 생물학랩입니다. 어디를 찾으시나요?"

"한서준 박사 연구실."

"한서준 박사 연구실은, B동 미생물랩에 있어요. 제가 안내해 드리겠습니다."

안내 로봇을 따라 긴 복도를 쭉 걸어갔다. 서로 연결된 다음 건물에 들어서자 바로 첫 번째 문에 문패가 걸려 있었다.

## 한서준 박사

"여기가 한서준 박사 연구실입니다. 감사합니다."

안내 로봇이 사라지기를 기다려 문을 노크하자, 안에서 문이 열렸다.

"어떻게 오셨어요?"

흰 가운을 입은 조교였다. 그 소리에 현미경을 들여다보고 있던 서준이 고개를 돌렸다.

"오, 라희! 여긴 웬일로……."

"놀랐지? 미안, 지나다가 잠깐 들렀어."

서준이 당황한 듯 옆에 서 있던 조교 둘을 바라보았다.

"방해가 되었나?"

"아니야, 다 끝났어."

서준의 말이 신호가 되어 조교들이 인사를 하고 나갔다.

"와. 이걸로 보면 손바닥 세균도 다 보이겠다."

"나노 마이크로현미경이야. 저 친구들은 연구 일 년차들이라 이걸로 플랑크톤이나 짚신벌레 배양관찰 같은 것을 하지."

"재밌겠다."

서준이 가운을 벗고 차를 준비했다. 그사이에 라희는 호기심

어린 탄성을 섞으며 연구실 여기저기를 기웃거렸다.

"난, 이런 연구실에 처음 와 봐. 야, 이 현미경 되게 크다."

"그건, 전자현미경인데 세상에서 가장 밝은 눈을 가졌어."

이야기를 나누면서도 라희의 민첩한 손끝은 쉬지 않았다. 순식간에 마이크로 카메라로 서준의 책상을 스쳐 가며 책상 위에 놓인 것들을 촬영했다. 촬영뿐만이 아니라 그녀의 손이 잠시 머문 곳에는 표 나지 않게 감시 카메라와 도청 장치가 설치되었다. 경호원으로 잔뼈가 굵은 그녀에겐 손쉬운 일들이었다.

"연락하고 왔으면 시간을 좀 비워 둘걸."

서준이 찻잔을 탁자 위에 놓으며 멋쩍게 웃었다.

"늘 바쁘지?"

서준의 물음에 라희가 찻잔을 입에 대며 대답했다.

"그냥, 그래."

"라희 넌, 꿈을 이뤄서 좋겠다. 원래 네 꿈이 경호원이었잖아."

"응, 그랬지. 그런데 나 처음에 취직하고 갈등 많았어. 영화에서 봤던 경호원 모습은 환상이었더라고. 내가 센트럴돔에 취직해서 제일 먼저 한 일이 뭔 줄 알아? 검측관이었어. 검측관은 날마다 온도계 들고 뛰는 일이야. 지금은 자동시스템으로 온도가 조절되지만 그때에는 사람이 직접 했어."

"검측관, 처음 들어 보네."

그녀의 이야기에 서준이 흥미를 나타냈다.

"사람이 있을 때와 없을 때, 실내 온도가 달라지잖아. 행사 전에 적정 온도를 맞춰 놓아도 사람들이 모이면 열기 때문에 온도가 올라가. 그땐 미치는 거야. 한번은 중요한 행사를 하는데 행사가 시작되자 갑자기 온도가 올라가는 거야. 너무 당황해서 급히 창문을 열었는데 야단이 났어, 지금 생각해도 끔찍하다, 끔찍해."

"왜, 문 열면 안 돼?"

"VIP가 있는 곳엔 절대로 문을 열어 놓으면 안 된다는 경호 기본 수칙을 깜빡했거든."

"정말 우리가 모르는 일이 많네."

"그다음엔 검식관이었어. 요리사의 손 오염도 체크하고 음식과 음료를 먼저 시식해야 돼. 관저에서는 지정 요리사가 있어서 간단하게 검식만 하면 되지만 외부에 나갔을 때는 정말 정신없어. 주방에 들어가서 조리 과정을 지켜보며 소금 양까지 측정하고 일일이 시식을 다 해야 해. 더 힘든 것은 어떤 음식을 먹어 볼지 모르는 시장 행사야. 다 먼저 먹어 봐야 하니까 배 터지는 거지. 음식 고문이야. 고문."

라희는 경계를 풀기 위해 여러 이야기를 늘어놓았다. 틈을 봐서 서준의 진정성을 끌어내어야 한다. 그러나 아무리 살펴도 서준의 표정은 풀어질 기미가 보이지 않았다. 더 기다리지 못하고 바로 치고 들어갔다.

"서준아, 넌 유토피아 프로젝트에 대해서 알고 있지?"

그의 얼굴이 단박에 굳어졌다.

"유토피아 프로젝트?"

라희가 눈을 똑바로 뜨고 또박또박 말했다.

"응, 유토피아 프로젝트로 줄일 수 있는 숫자까지?"

"무슨 얘기지? 왜 그걸 나에게……."

바닥으로 흔들리며 떨어지는 서준의 눈길을 쫓았다.

"그게 내 정보망에 걸려들었거든. 넌 그 프로젝트와 숫자에 대해서 어떻게 생각해?"

"난 잘 모르지."

서준이 고개를 저으며 멀뚱거렸다.

"나같이 연구실에 틀어박힌 사람에겐 정보망도 필요없지만."

어물쩍, 넘어가며 입을 닫았다.

"혹, 무고한 사람들의 생명을 빼앗는 악마가 있다면 난, 그 누구라도 가만두지 않을 거야."

잠시, 둘 사이에 침묵이 흘렀다.

"참, 네가 재후를 돕는다는 그 일, 잘돼 가?"

"말처럼 거창한 건 아니고, 가끔 재후, 만나서 머리를 맞대 보는 거야."

"구체적인 것은?"

"아직은, 딱히……."

서준이 얼버무리자 라희가 다시 한번, 다짐을 두었다.

"노파심에서 하는 얘긴데. 너희들 휴머니즘의 폭력, 어쩌고 하면서 못된 짓 꾸미면 내가 가만 안 둔다. 그리고 한 가지 더, 왜 네 고양이가 총리 공관 냄새에 익숙해져야 해?"

"어, 그건 재후가 외롭다고 해서 내가…… 이거 약간 기분이 상하려고 한다. 도대체 뭘 알고 싶은 거야? 심문 당하는 이 느낌은 뭐지?"

그의 안색이 붉게 변했다.

정말 내가 생사람을 잡는 걸까? 두 사람은 무산시의 재난과 아무 관련이 없는 걸까? 그렇다면 얼마나 좋을까? 그래, 그럴 거야. 설마 내 친구들이 그런 무서운 일을……. 제발 자신만의 망상으로 끝나길 바라면서도 혹시나 해서 다시 한번 쐐기를 박았다.

"심문이 아니라, 경고야!"

"경고?"

"응, 만약을 위해서…… 차, 잘 마셨어. 나, 그만 갈게."

라희가 일어나 문을 열고 나갔다. 갑작스러운 라희의 행동에 서준이 그대로 앉은 채 멍하니 바라보기만 했다. 두 사람 사이에 닫힌 문만큼의 바람이 지나갔다.

15

서준은 아침 일찍 고양이와 마주 앉아서 간단하게 배양고기와 에너지바로 아침을 먹고 반듯하게 옷을 차려 입고 집을 나섰다. 집에서 출발한 자동차는 정확하게 아침 9시에 연구동 주차장에 도착했다. 연구실까지 천천히 걸어가면 십 분, 커피를 내려서 마시고 나면 이십 분, 가운을 갈아입고 책상에 앉으면 정확하게 9시 30분이었다. 그즈음이면 조교가 까치둥지 머리를 휘날리며 허겁지겁 들어오고 인턴 몇몇도 앞뒤로 들어온다. 조교로부터 어제까지 진행된 연구 보고를 받으면 그가 조교와 인턴들에게 잘한 점과 수정해야 할 부분, 그리고 오늘 할 일을 알려 준다.

그는 연구원이기 때문에 특별한 강의나 세미나가 없으면 늘 연구실에만 붙어 있었다. 오전 중에는 연구논문이나 현미경을 들여다보다가 딱 1시 40분에 학교 식당에서 점심을 먹는다. 시끌벅적한 것을 싫어해서 점심시간이 끝나갈 무렵에 갔다. 늘 앉던 자리를 찾아 앉으면 준비해 간 수건으로 깨끗이 식탁을 닦은 후에야 음식을 먹었다. 점심 후에는 햇볕을 쏘이며 산책을 했다. 3시에 다시 연구실로 들어와서 저녁 5시에 정확히 퇴근을 했다.

어머니가 요양센터에 간 후, 그는 알 수 없는 무력감에 시달렸다. 마치, 수면 아래 가라앉은 빙하처럼 잔뜩 웅크린 채, 동료들과의 대화도 피했다. 하지만 어머니가 주문을 걸어 놓고 간 것처럼 손 씻어라. 깨끗이 닦아라. 출퇴근 시간을 정확히 지켜라, 는 말에는 기계적으로 반응했다. 어쩌면 그의 내면 깊숙한 곳에는 어머니라는 거대한 성이 자리 잡고 있는지도 몰랐다. 그 성에 갇혀 억압과 자책으로 헤매며 그의 이성은 벗어나라고, 탈출하라고 외치지만 조종당하며 각인된 그의 행동은 되돌이표처럼 그 자리에서 맴돌고 있었다.

그런데 라희가 연구실에 다녀간 후, 그의 일정한 패턴이 무너져 내렸다. 휴가를 내고는 깊은 심연에 빠져 허덕이고 있었다. 그의 정신세계는 점점 더 혼돈 속에 쌓여 갔다. 의사가 하루에 한 번만 먹으라고 한 안정제를 두 번씩 먹고도 안절부절못했다. 눈에 띄는 모든 곳이 불결하게 보여서 참을 수 없었다.

닦고 또 닦았다. 닦은 곳도 불결해서 다시 손가락으로 훑어서 확인하고 또 닦았다. 그동안 남들 앞에서는 지성과 의지로 표 나지 않게 자제할 수 있었는데 요즘은 그것도 힘들었다. 모든 곳에 바이러스들이 다닥다닥 붙어 있는 것 같기도 하고 숨을 쉴 때마다 수억만 개의 세균이 폐부를 뚫는 것 같아서 견딜 수 없었다.

꼬물꼬물, 갉작갉작.

꿈속에서도 온몸을 파고드는 바이러스 때문에 공중잡이로 일어난 것이 한두 번이 아니었다.

라희의 경고!

그녀는 모든 것을 알고 있다.

라희는 재후와 한패다!

라희는 녀석의 명령을 받고 내 속을 떠 보고 겁박하러 온 것이다. 그렇지 않다면 어떻게 그녀가 유토피아 프로젝트를 알 수 있을까?

의심은 의심을 낳으면서 자꾸자꾸 쌓여 갔다. 정신이 아득해졌다가 혼란스럽다가 가슴에 커다란 싱크홀이 생긴 것같이 휑했다. 당장 라희에게 달려가 물어보고 싶어서 신발을 꿰다가 몇 번이나 주저앉았다.

불안한 마음에 책상 위를 카터칼로 긋고 또 그었다. 하지만 생각은 점점 더 비약되었다.

"재후가 라희를 보내 나를 죽일 거다. 라희가 녀석의 의전비서 실장이라고 했을 때부터 의심했어야 하는데. 하긴, 나 같은 건……."

점점 열패감에 빠져들면서 깊은 늪 속으로 가라앉았다.

"다 끝났어. 다 끝났다고!"

지나치도록 냉정하고 냉철한 두뇌를 가졌던 서준이, 라희 때문에 무너져 내리고 있었다. 입술이 하얗게 부르텄고 열에 들떠 아무도 듣지 않는 소리를 바락바락 질러 댔다.


서준의 칩거 소식에 조바심이 난 것은 재후였다.

"한 박사는 아직도 집안에만 있나요?"

재후의 물음에 비서실장이 다가와 소리를 낮춰 대답했다.

"네, 건강상 이유로 병가를 내고 이 주째, 연구실에 나가지 않고 있습니다. 지난 주말에 그의 어머니가 있는 요양센터에 간 것 외엔 문밖 출입이 전혀 없습니다."

"음, 그래요. 요양센터라?"

서준의 어린 시절이 떠올랐다. 그의 모든 이야기는 기승전결 엄마였다. 엄마가 놀아도 된다고 했어. 엄마가 오라고 했어, 엄마가 먹으라고 했어. 엄마가 엄마가⋯⋯.

"서준, 네 엄마 로봇이야?"

그를 놀리자 서준이 송곳처럼 찔렀다.

"그럼, 넌 너희 아버지 로봇이야?"

아뿔사, 그의 모든 이야기도 기승전결 아버지였다는 사실을 잊고 있었다. 막상막하였지만, 다른 게 있다면 서준은 그나마 엄마 뜻을 순순히 따르는 편이었고, 그는 아버지의 물리적인 힘에 제압당하고 반항했다는 것이다.

"그 친구, 보기와 다르게 독한 면이 있어요. 친하게 지내면서도 엄마가 장애인이 되었다는 것을 말하지 않았다니까. 중학교 때 본 지영 씨는 두 다리가 멀쩡한 세련되고 우아한 부인이었어요."

"지영 씨요?"

"그의 어머니가 신지영 씨예요. 그 앤 자기 엄마를 그렇게 부르기도 했어요."

재후의 아련한 눈빛을 좇으며 비서실장이 고개를 끄덕였다.

"네, 중도 장애인이었군요."

"정말 독하지 않소, 어떻게 그런 큰일을 당하고도 친구들에게 내색을 하지 않을 수가 있어요?"

"그렇군요."

"아마, 그것도 그 어머니 뜻이었을 거예요."

"정말 효자였군요."

"효자요? 그럴지도……."

기억 저편에서 휠체어를 타고 나타난 지영 씨가 선명하게 떠올랐다. 아들의 억울함을 주장하며 소리치던, 아들이 미는 휠체어에 앉아서 독기어린 눈으로 자신을 쏘아보던 여인과 그 눈길을 피하려고 허둥대던 자신의 모습도. 많은 날들을 서준을 잃고 방황하며 보내던 때가 생각났다. 돌이켜보면 그 상실감과 상처가 자신을 지금 이 자리까지 끌어다 놓았는지도 모른다. 지금도 그때를 생각하면 울분이 치솟고, 마음이 아프다. 지금 앉은 이 자리가 결코 영광이라고 느껴지지 않을 만큼. 서준이 선거 캠프에 나타났을 때도 그때의 상처가 분수처럼 튀어 올랐었다. 하지만 그는 이를 악물었다.

앞만 보자.

지나간 과거다. 앞만 보자.

이것까지 견뎌야 한다.

견뎌야 한다. 웃자…… 아무렇게도 않게.

호텔에서 라희가 화해를 말했을 때도 그때의 상처를 다시 꺼내 볼 자신이 없었다. 그것을 들추어내면 또 그만큼 아플 것이다. 상처는 그저, 흔적으로만 남겨 두는 게 현명할 것 같았다. 어차피 자신은 무명, 무명의 인간 K다. 철저하게 블라인드로 가려진.

"총리님, 무슨 생각을……."

산발처럼 쏟아지는 생각을 비서실장이 뚝, 끊었다.

"아, 아무것도 아니오."

"총리님, 요즘 무산시를 부러워하는 사람들이 많다고 합니다. 총리님 할아버지 말씀처럼 사람들은 금붕어 두뇌를 가졌는지, 죽는다고 아우성치다가도 먹이만 넉넉히 던져 주면 금방 흐지부지 돌아서네요. 한심하고 무지한 인간들!"

"아니, 비서실장님이 왜 목소리 높여 화를 내고 그래요?"

"화가 나잖아요. 그러다가 죽는 줄도 모르고."

아차, 싶었는지 비서실장이 벌게진 얼굴로 입을 딱 닫았다. 그 모습을 바라보던 재후가 피식 웃었다.

"이젠 실장님도 많이 늙었네요. 얼굴에 희로애락도 드러내고. 전 어릴 때부터 실장님은 감정이 없는 사람인 줄 알았어요. 할아버지 옆에서도 아버지 옆에서도 전혀 표정이 없었어요. 그래서 할아버지는 속이 깊은 사람이라고 했고, 아버지는 속에서 천천히 씹어서 현명하게 판단하는 사람이라고 했어요. 그분들이 저에게 실장님을 붙여 주면서 그 누구도 믿지 말고 실장님만 믿으라고 했죠. 그런데 실장님 속에 할아버지와 아버지가 언뜻언뜻 보일 때가 있어서 전 솔직히 실장님이 무서울 때가 있어요. 이제 그렇게 화도 내고 웃기도 하고, 그러세요. 그런 모습이 좋아 보여요."

"죄송합니다. 제가 실언을 했습니다."

"아니에요. 정말 좋다니까요. 그런 인간적인 모습."

"……."

"한 박사가 빨리 일어나야 할 텐데. 소심하고 옹졸한 구석이 있긴 하지만 성실한 친구예요. 참, 그 친구가 내 마음을 꿰뚫어 본다고 하더군요."

"총리님의 마음을 꿰뚫어보다니요?"

"내 속이 투명한가? 꿰뚫어볼 수 있을 정도니."

총리의 너스레에 비서실장이 멋모르고 따라 웃었다. 마음을 꿰뚫어본다? 그렇다면 지금 서준이 저렇게 꼼짝하지 않는 것도 뭔가를 꿰뚫어보려는 것일까?

"실장님, 한 박사에게 좋은 선물을 좀 챙겨서 사람을 보내세요. 내가 보고 싶어 한다고도 전해 주고. 워낙 외골수인 친구라, 혹 무슨 일이라도 나면……."

"네, 알겠습니다."

"아, 참. 그 친구 신상에 대한 정보가 있습니까?"

"물론입니다. 보안 손님들에 대한 신상은 비서실에서 다 정리해 놓고 있습니다."

"어디 봅시다."

재후가 모니터를 열어 비서실장이 보낸 파일을 천천히 훑어 나갔다. 언젠가 엄마가 아버지에게 권력을 남용하면 부메랑이 되어 돌아올 수 있다, 라고 한 말이 마음에 걸렸다. 서준의 얼굴에서 설핏설핏 보이는 냉소 섞인 결기가 섬뜩하게 느껴질 때도 있었기에.

16

생각은 웅덩이에 고인 물과 같았다. 조금만 숨통을 열어 줘도 졸졸거리며 빠져나가듯 서준도 총리 비서실의 연락을 받고서야 막혔던 생각의 웅덩이에서 겨우 빠져나왔다.

"그래, 지옥 끝까지라도 같이 가 보자!"

멀리 보이는 빌딩 너머로 해가 떨어진 어스름한 저녁, 서준은 마법의 주문처럼 혼잣말을 중얼거리며 비서실에서 보낸 자동차에 올랐다.

"어서 오십시오, 박사님. 총리님이 기다리고 계십니다."

집무실 로비에서 비서실장이 깍듯하게 그를 맞았다. 그를 따라 응접실에 들어서자 재후가 일어서며 손을 내밀었다.

"어서 와. 얼굴이 많이 안 좋은 것 같아. 좀 괜찮아?"

"응, 좀 나았어."

내미는 그의 손을 잡으면서도 속에서는 말들이 솟구쳐 올라왔다. 비열한 녀석, 꼭대기에 앉으니 세상이 돈짝만 하게 보이지? 네가 그 꼭대기에서 라희를 보내, 장난처럼 던진 돌팔매에 맞은 나는 얼마나 아팠는지 알기나 해? 그의 퀭한 눈빛에서 원망이 비어져 나왔다. 잠시 분위기가 서먹해지자, 재후가 눈치를 채고 달래듯 입을 열었다.

"서준아, 계속해야지. 내가 조수가 되어 도울게. 그래도 한때 생물학도였으니, 네가 시키는 일은 할 수 있을 거야."

"음, 생물학도!"

가슴 저 밑바닥에서 아린 무엇이 치밀었다.

"그래, 아무도 내게 관심이 없었을 때, 넌, 나하고 친구해 줬잖아. 너와 떨어지는 게 싫어서 과학고도 따라갔고."

나를 따라왔던 인간에게 배신당한 셈이군, 하는 말은 또 우겨넣었다.

"어때? 연구 조수로 쓸 만할 것 같아?"

"그거야 아직……."

"아, 참. 비서실장님이 우리를 도와주기로 했어."

재후의 갑작스러운 말에 서준은 깜짝 놀라 두 눈이 등잔만 해졌다. 그렇지 않아도 옆에 있는 비서실장이 거슬려서 조심하던 중이었다.

　서준의 표정에 비서실장도 놀랐는지 주름진 입술이 실룩거렸다.

　"박사님, 저도 힘껏 돕겠습니다."

　느닷없이 쑥, 들어오는 비서실장과 재후를 번갈아 쳐다보았다.

　"무슨 말이야?"

　"뭘 그리 놀라? 비서실장님은 우리 아버지 같은 분이야. 자기 일보다 내 일을 더 잘 알고 있으니 괜찮아. 이번에 네가 그렇게 아팠는데도 바쁘다 보니 내가 신경을 못 썼잖아. 앞으로 비서실장님이 나 대신 널, 잘 챙길 거야."

　"그렇지만 이건, 약속이 틀리잖아? 우리 둘이서만……."

　"둘보다는 셋이 낫지 않아? 아무 걱정 말라니까. 비서실장님, 이 친구 좀 안심시키세요."

　그의 말에 비서실장이 손을 모으고 공손하게 말했다.

　"박사님, 걱정하지 마세요. 제가 총리님을 모시는 비서실장인데 하시는 일을 몰라서야 되겠습니까? 이제부터 최선을 다해 박사님을 잘 모시겠습니다."

쨍, 귓가로 비서실장의 말이 튕겨 나갔다.

망했다!

아니, 당했다!

서준의 두 눈에 적개심이 불같이 일었다. 웬만하면 속을 드러내지 않으려 했지만 이건 도저히 참을 수 없는 일이다. 악랄한 놈, 라희에 이어서 이젠 비서실장까지. 그럼 다음에는 또 누구? 얼마나 많은 사람에게 떠벌렸을까? 아니, 그를 추종하는 정부 관료들 모두, 공범이 된 것은 아닐까? 그렇다면 나는 한낱 도구가 되어 그들 모두에게 이용당하고 있는 것이다. 이 정부에서 조직적으로 나를 이용하고 있는지도 모른다.

실패다!

현직 총리를 공범으로 끌어들이고 그 약점을 이용하여 파멸시키려던 계획은 끝났다. 재후를 자신의 아바타로 만들어 조종하려던 계획도. 정신이 아득해졌다.

영혼이 빠져나간 듯 간신히 버티고 앉아있는 서준에게 재후가 자랑하듯 말했다.

"서준아, 내일 무산시 민생을 살피러 갈 텐데 같이 가자. 무산시의 복지가 좋아졌다고 야단이란다."

그가 고개를 가로저었지만 비서실장이 아부성 발언으로 부추겼다.

"총리님께서 지시하신 당근을 풀었더니 불평불만이 거품처럼 사라졌습니다."

비서실장의 말을 이어 재후가 자찬을 늘어놓으며 동의를 구하듯 말했다.

"서준아, 들었지? 그래서 유토피아 건설이 꼭 필요하다니까. 우리가 역사의 거대한 물줄기를 만들어 가고 있다고 생각하지 않니?"

역시 서준은 묵묵부답. 비서실장이 맞장구를 쳤다.

"그럼, 총리님께서 무슨 일인들 못하시겠습니까."

말이 끝나기 무섭게 재후가 손을 내저었다.

"비서실장님, 내가 아니라 이 친구의 능력이 만들어 낸 결과예요. 이제 더 큰 일을 할 수 있도록 정말 잘 모셔야 합니다."

"네, 알겠습니다."

비서실장이 앉은 채로 허리를 깊이 숙였다. 둘이서 번갈아 띄어 주었지만 서준은 미동 없이 앉아 있었다. 재후가 서준의 비위를 맞추려고 말을 돌렸다.

"참, 어머니가 지방 요양센터에 계시다고 그랬지? 어쩐다?

이번에 그쪽이 위험할 수 있잖아. 어디, 돔 가까이로 옮기면 좋겠는데."

서준은 그 말에도 대답하지 않았다.

"한 박사님, 그게 좋겠군요. 제가 직원들에게 적당한 곳을 찾아보라고 하겠습니다."

이번에도 비서실장이 나섰다. 서준은 천천히 고개를 저으며 못마땅한 표정으로 입을 뗐다.

"됐습니다. 제가 알아서 하겠습니다."

서준이 입을 떼자 재후의 입가에 안도의 미소가 흘렀다.

"너, 아직 몸이 안 좋은 것 같아. 좀 더 푹 쉬어야겠다."

재후의 너스레와 웃음에 서준이 고개를 끄덕이며 아프게 어금니를 깨물었다.

17

　

라희가 눈을 번쩍 뜨며 외쳤다. 그녀의 간절한 갈구가 무의
식 중에 작동한 모양이었다.

"051109"

급히 일어나 컴퓨터를 켰다. 제일과학고등학교 홈에 들어가
서 개인 자료실을 찾았다. 서준의 이름과 생각난 비밀번호를
입력 했다.

"우리, 네 생일로 학적부와 생활기록부 비밀번호 만들었다.
2005년 11월 9일생 그래서 051109."

"뭐야, 왜 니들 맘대로 내 생일을 써?"

"잊어버리지 않으려고."

고등학교 입학하고 처음 만난 날, 분명히 재후와 서준이 그렇게 말했었다. 역시 번호는 그대로였다. 서준의 학적부가 눈앞에 나타났다.

"오, 이 빛나는 성적 좀 보소. 이게 뭐야? 세계 분자생물학대회에 고등학생 대표로 논문 발표 예정…… 불법 동물실험, 고양이? 실험실 획득 감염, 무슨 소리야. 학생 징계위원회 전원 합의로 퇴학."

라희는 눈을 부릅뜨고 퇴학이라는 글자를 노려보았다.

"퇴학을 당할 만큼 큰일이었나? 그럼 재후도?"

서준과 재후는 실과 바늘처럼 한 끈에 꿰여 있어서 당연히 서준이 한 일은 재후도 같이 했을 것이다. 창을 닫고 재후의 학적부에 들어갔다. 역시 비밀번호는 똑같았다.

"세계 분자생물학 대회에 고등학생 대표로 논문 발표 예정, 서준과 같잖아. 불법 동물실험을 도운 일로 20일 정학 처분. 이게 뭐야? 서준은 퇴학, 재후는 정학?"

라희가 연신 고개를 갸웃거렸다. 자웅동체 같은 두 친구에게 공평하지 않은 처벌이 내려진 이유는 뭘까? 서준을 찾아갔던 날, 그 붉은 두 눈 속에 이글거리던 분노가 생각났다.

"맞다, 서준의 엄마가 말한 고양이 실험이 학적부에 있는 불법 동물실험이었을 거다. 그 후, 퇴학을 당한 서준은 유학을 갔고, 재후는 아버지 뒤를 이어 정치를 했고…… 다시 만났고, 그리고……."

그날, 호텔에서 서준이 혼잣말처럼 우물거리던 게 생각났다.

"화해하지 않아도 되는……."

분명히 그때 말투에서 느껴지던 뉘앙스로는 화해를 원하는 것 같았다. 재후는 그냥 덮어 놓으려 하고. 깔끔한 화해도 없이 무슨 유토피아 건설, 로 다시 뭉치고 있다는 이야긴데, 도대체 이 밑도 끝도 없는 유토피아 건설 계획이라는 게 뭘까? 그것이 분명 둘이서 꾸미는 모종의 계획일 텐데. 아무리 생각해도 완성되지 않은 퍼즐이었다. 도대체 내가 놓치고 있는 퍼즐 조각은 무엇일까? 라희는 서준의 연구실에서 찍어온 것들을 천천히 다시 살펴나갔다.


깜장

D-26일.


아무래도 다이어리 형식의 메모장에 적혀 있던 이 글자가 께름칙했다. 그리고 그 밑에 적힌 글자, 서준답지 않게 휘갈겨 쓴 영문이었다.

*Simian Foamy Virus SFC*

"Simian Foamy Virus SFC, 영장류 중에서도 포유류에 나타나는 바이러스로 원숭이에게서 발견되었지만 포유류를 통한 인간 감염률이 높다. 주로 열대밀림에서 발생하는 바이러스."

단순한 검색으로 알아낸 뜻이다. 바이러스라면 왜, 지난 무산시 사건 때, 연구자들이 백신을 금방 알아내지 못했을까? 궁금증은 더해 갔다. 연구원들이 열대 밀림에서 발생하는 바이러스라 온대기후에 피해를 줄 것이라고 생각하지 못한, 그래서 역학조사에 더 많은 시간이 소비된 것을 그녀는 알지 못했다.

"만약, 둘이서 지난 재난 때 이 바이러스를 유포했다면? 아니, 다시 이것을 유포한다면?"

생각만 해도 가슴이 철렁, 내려앉았다.

"바보가 아닌데 설마 또 같은 바이러스를 유포하진 않을 거야. 찾아낸 백신이 있으니까."

중얼거리다 생각해 보니 정신이 번쩍 들었다.

바이러스의 변형?

변형을 만들어 낼 수도 있다!

언제 어디서 어떻게 그 일을 할까? 서준의 연구실은 아닐 것 같았다. 그곳에는 조교들이 있었으니까. 그런데 D-26일을 뭘까? 혹 26일 후에 일을 벌인다는 것일까, 무수한 생각들이 꼬리에 꼬리를 물고 이어졌다. 뭔가 잡힐 듯하면서 딱히 잡히는 게 없었다. 그런데 생각해 보니, 생물학자 메모지에서 바이러스 글자를 발견한 것이 이상한 것 같지도 않았다. 괜히 애먼 친구들을 의심하고 있는 것은 아닌지, 미안한 마음도 들었지만, 만약에, 만약에 만에 하나라도, 무산시의 재난이 생물무기에 의해 일어난 것이라면? 그리고 그런 일이 또 일어난다면? 화들짝 정신이 들었다.

"그래, 사건이 쉽다면 그게 무슨 사건이고 문제가 쉽다면 무슨 문제겠니? 쉽지 않아도 풀어가는 게 사건이고 문제니까, 다시 잘 생각해 보자. 비밀보고서에 무산시의 신종 바이러스 매개체가 고양일 가능성이 높다고 했어. 우연이라 하기엔 고양이, 고양이가 너무 많이 등장해. 메모에도 깜장이 있고. 그런데 정말 까망이가 매개체라면 불쌍해서 어떡해? 동물들이 무슨 죄가 있다고."

까망이의 노랗고 귀여운 눈이 떠올라 마음이 아팠다. 까망이를 위해서라도, 아니, 혹시 모를 불행한 죽음을 막기 위해서라도 끝까지 의심하고 또 의심하면서 찾아봐야 할 것 같았다.

그날부터 라희는 출근을 하면 웨어러블 도청장치와 마이크로 카메라를 착용했다. 나노 N봇이 장착된 웨어러블 조끼는 근거리에 있는 사람의 목소리를 녹음할 수 있었다. 손목시계에 부착하는 마이크로 카메라는 380도 녹화가 가능했다. 그러나 총리 집무실은 특수보안 시스템과 전파 차단장치가 가동되고 있어서 이런 기기들은 무용지물이었다. 혹시나, 센트럴돔 안의 정원이나 외부에서 총리와 만날 때를 대비해서 착용한 것이다.

총리와 실장들, 각료회의 때도 재후의 말과 행동에 주목했다. 총리 집무실의 실내 장치 점검 팀에 끼어들어 구석구석을 같이 살피기도 했고. 청소업체가 쓰레기를 수거할 때도 총리실에서 나온 것은 반드시 자기에게 검열을 받은 후 처리하라고 했다.

정보실 보안 시스템에도 빛의 속도로 접속했다. CPU에 준비한 경호 코드를 감쪽같이 심었다. 이 시스템에 의해 총리 공관 야간 근무자가 지명되었다. 시스템에 장착된 인공지능이 무작위로 그날 그날의 근무자를 선정하고 당사자에게 퇴근 무렵 코드가 전송되었다. 지명 받은 근무자는 그 누구에게도 자신이 오늘, 야간 근무라고 밝혀선 안 된다. 지명을 받은 사람은 특별히 문제가 없으면 Y, 몸이 아프거나 피할 수 없는 약속이 있으면 N으로 회신한다. 만약 N으로 답하면 다른 사람에게 근무가 배정되는 자동시스템이었다. 근무자의 개인 비밀코드는 인공지능만이 알고 있었다. 라희가 시스템에 심은 것은 자신의 코드였다. 그녀가 원할 때는 야간 근무가 가능하게 조작할 수 있었다.

야간 근무를 준비한 날, 그녀에게 보안 코드가 전달되었다. 재빨리 Y로 답한 후 보안실로 갔다.

레이더에 잡힌 총리관저는 날이 어두워지면서 여기저기 조명이 들어왔지만 사람들의 왕래는 없었다.

"개미 한 마리 없네."

무료하게 시간이 흘러갔다. 자정이 다 된 시각, 총리 관저 쪽에서 움직임이 포착되었다. 큰 키에 넓은 어깨와 그 옆에 아담한 체격, 화면을 클로즈 업하자 재후와 서준의 모습이 보였다.

이렇게 늦은 밤에 총리 관저에서 둘이 나왔다. 저 안에서 무슨 일이 벌어지고 있는 것일까? 어쩌면 바이러스 변형 연구가 저곳에서 이루어지고 있는지도 모른다는 생각이 들었다. 당장 뛰어나가 샅샅이 관저를 뒤져 보고 싶었지만 경호원들이 굳게 지키고 있으니 들어갈 수 없었다. 어떻게 하든, 방법을 찾아서 꼭, 저곳에 들어가 보리라, 그녀는 아랫입술을 꼬옥 깨물었다.

# 3부

# 나쁜
# 시간들

1

서준의 시간은 더디게 흘러갔다. 그 시간은 단순히 물리적인 시간이 아니라, 모든 고뇌를 담고 있는 아득한 시간이었다. 그러나 더디 가는 시간을 붙잡고 언제까지 계란으로 바위만 칠 수는 없었다. 그래서 신변 정리를 시작했다. 이번 일만 끝나면 곧바로 다른 나라로 숨어 버릴 작정이었다. 라희와 비서실장의 일을 겪으면서 두 눈을 덮었던 비늘이 걷히듯 뭔가 시야가 열렸다. 옛날, 자기를 쫓아다니던 재후는 죽었다. 그는 이 나라의 현직 총리이자 막강한 권력자 김재후로 다시 태어난 것이다. 이제 권력자인 그의 손에서 오히려 자신이 벗어나기가 힘들 것 같았다. 그렇다고 지금 와서 없던 일로 하고 돌아가자고 할 수도 없는 일이었다. 재후가 마음만 먹으면 자기 같은 미미한 존재 하나쯤은 감쪽같이 없앨 수도 있을 것이다. 일단 이번 일만 끝나면 잠시 피했다가 기회를 엿보아 다른 방법을 시도할 생각이었다. 그의 파멸을 곧바로 지켜보지 못하는 것이 한이 되지만 그가 한 일을 알고 있으니 기회는 반드시 또 찾아올 것이다.

다음 날 새벽, 어제 신청해 놓은 클린사업부 직원들의 트럭이 도착했다.

"잠시 기다려 주시오. 내가 버릴 것들은 알려 줄 테니 모조리 치워 주시면 됩니다."

그는 지영 씨의 방문부터 열었다. 그녀의 방은 떠나던 날 그대로였다. 자동 전동 침대가 창문 쪽 벽에 붙어 있고 그 밑에는 간병로봇 두 개가 어설프게 팔과 다리를 들어 올리다만 어정쩡한 자세로 서 있었다. 마사지 로봇의 손바닥을 가만히 만져 보았다. 어린아이 손처럼 부드럽고 말랑말랑했다. 탁자 위에 습도 조절기에 눈길이 갔다. 마음에 들지 않는다고 해서 세 번이나 바꿔 온 것이다. 리모컨, 자동 모니터, 바이탈 체크기 등도 그가 사 온 것이다. 이 물건을 고를 때, 얼마나 애틋했던지! 옷장에는 그녀가 입던 옷가지들이 그대로 걸려 있었다. 한 인생이 머물렀던 자취와 흔적이 고스란히 남아 있는 공간. 이제 이 물건들을 정리해야 할 때가 온 것이다.

"여기 이 방에 있는 것은 하나도 남김없이 다 치워 주시오."

"알겠습니다. 이 휠체어도 버립니까?"

"네 그것도요. 하여튼 모조리 다."

한 시간이 걸리지 않아서 지영 씨 물건들은 감쪽같이 사라졌다. 처음부터 텅 비어 있던 방인 것처럼. 그는 문을 닫고 나가려는 직원의 뒤통수에 소리쳤다.

"연락하면 한번 더 와 주시오."

오늘은 그녀의 흔적을 지우고 이제 곧 자신의 흔적도 말끔히 지울 것이다. 혹, 자신이 이 집에 다시 돌아오지 못하더라도 누군가 자신의 물건에 손을 대는 것은 께름칙할 것 같았다. 텅 빈 방은 청소 로봇에게 맡기고 밖으로 나왔다. 마음이 허전하고 어지러웠다.

자동차에 올랐다. 창밖으로 보이는 즐비한 빌딩들이 생물처럼 꿈틀거리며 허물어 내릴 것 같은 착각이 들었다. 어떻게 지영 씨와 이별할지 모르지만 오늘, 당신의 방을 비웠다는 이야기를 하고 싶었다. 이 세상에 있었던 흔적을 지웠으니 홀가분하게 떠나라는 부탁도 하고 싶었다. 깔끔하게 살림을 정리했다면 지영 씨의 성격상 위로가 되지 않을까? 그는 자동차에 올라 요양 센터로 달려갔다.

서준은 엄마 옆에 가만히 앉았다. 얕은 호흡이 없다면 그대로 미라였다. 운동력을 잃은 근육은 뻣뻣하게 석회화되어 타인의 도움 없이는 움직이지도 못했다. 아들이 옆에 앉은 줄도 모르고 그녀는 깊은 잠에 빠져들었다. 이따금 이맛살을 찡그리고 입을 쫑긋거렸다.

"엄마?…… 지영 씨?"

귓가에 대고 가만히 불렀다. 지영 씨는 인생의 전부였던 아들의 목소리도 잊은 듯했다. 살며시 손을 잡았다. 가랑잎같이 부서질 것 같은 마른 손이다. 두 손으로 가만히 모아 쥐었다.

"엄마!"

그녀의 입에서 긴 호흡이 새어나왔다.

"푸우."

조금 전에 찡그리던 얼굴이 소녀처럼 살짝 미소를 띠며 편안 해졌다. 그 모습을 보니 콧등이 시큰했다.

"엄마, 오늘 엄마의 방을 정리했어요."

대답이 없었다. 한 손으로 그녀의 얼굴을 가만히 쓸어내렸다. 눈 코 입, 참 오목조목 참 예쁜 얼굴이었다. 엄마와 함께한 세월들이 눈앞에서 영상처럼 지나갔다. 삶의 기쁨과 고통의 순간마다 사랑이라는 이름으로 채근하던 엄마, 아들의 성공을 위해서 홀로 보내야 했던 그녀의 고독한 긴 시간들, 회환의 눈물이 흘러내렸다.

'엄마, 용서하세요!'

작별 인사는 마음속으로만 했다. 그녀가 가늘게 눈을 뜨는 것 같더니 이내 다시 감았다. 그는 가만히 엄마 손을 놓고 돌아섰다. 그녀의 눈가에 한 방울, 물방울이 맺힌 것을 그는 보지 못했다.

2

요양센터를 다녀오던 서준은 차를 돌려 무산시로 향했다. 한 번은 밝은 대낮에 가 보고 싶었다. 재후의 말처럼 무산시는 말 끔히 정비되어 있었다.

"예산 때문에 손을 못 댔던 흉물스러운 건물들도 철거하고, 주택과 도로도 정비했어. 이제 낙후 지역이 없게 내 임기 동안 다 해놓을 거야."

공공건물들이 있던 자리에 공원을 만들고 넓은 잔디밭에 벤 치와 운동기구가 놓였다. 재후가 생각한 유토피아는 자본이 앞 서서 만들어 가고 있었다. 변하지 않은 것은 할 일 없이 곳곳에 모여 있는 군상뿐. 차창 밖을 내다보던 그의 가슴이 아렸다. 재후의 야심과 자신의 능력이 만들어낸 합작품을 보면서 울어야 할지, 웃어야 할지 알 수 없어서.

어차피 세상의 변화와 발전에 무용지물이었던 생각없는 잉여들, 소멸과 생성은 우주의 법칙이자 광활한 자연의 대전제라는 논리를 억지로 양심에 욱여넣으며 천천히 무산시를 한 바퀴 돌았다. 둘러보는 모든 곳에 죽음의 흔적은 사라지고, 땅은 여전히 살아 있는 자들의 차지였다. 아담한 화단이 있는 집 창문에 커텐이 살랑거렸다. 열어 놓은 창턱에 고양이가 앉아 있었다. 안에서 밭은 기침 소리가 나면서 고양이를 부르는 소리가 들렸다. 소소한 사람살이가 그에겐 오히려 허무하게 느껴졌다.


무산시를 벗어나 가로수 무성한 외곽 길을 달렸다. 파란 하늘에서 눈부신 햇살이 쏟아졌다. 무미건조하게 살아온 그의 삶과 대조적으로 찬란한 햇살이었다. 자동차를 멈추고 길가에 내렸다. 숲속을 바라보니 조각조각 푸른 하늘이 나뭇잎 사이로 보이고 맑은 새소리가 드높았다. 소리를 쫓아 숲으로 발길을 옮겼다. 나무둥치에 기대어 하늘을 올려다보며 서 있었다.

그때였다.

"동행을 만난 것 같군요."

눈이 움푹 들어가고 얼굴빛이 비정상적으로 노리끼리한 중년 남자가 말을 걸었다.

"누, 누구세요?"

"놀라지 마시오. 지금 이 시간에 이런 곳에 있는 것을 보니 당신도 나와 같은 처지인 것 같은데."

"그게 무슨 말입니까?"

"길동무가 생겼으니 잠시 쉬어 가야겠군요."

양복을 차려입었지만 건조한 얼굴빛 때문인지 남자는 몹시 초라해 보였다.

"흐, 햇살 좋다. 죽기 딱 좋은 날이지 않소?"

남자가 풀 위에 털썩 앉으며 자조 섞인 어투로 말했다.

"아니, 무슨 말이오, 죽다니?"

서준이 깜짝 놀라 되묻자, 남자가 한손으로 햇살을 가리며 비스듬히 올려다보았다.

"왜, 죽는 게 겁이 납니까?"

"지금 무슨 소릴…… 죽긴 왜 죽어요?"

"칫, 죽지도 않을 인간이 왜 이런 곳에서 궁상을…….."

남자가 경멸하듯 한마디 하고는 벌떡 일어나 걸음을 옮겼다.

"저, 잠깐만."

급히 남자를 돌려세웠다.

"왜 죽으려고?"

"살아갈 이유가 없다오. 다 가 버렸소. 그놈의 악성 바이러스가 우리 어머니와 아내를 한꺼번에 데려가 버렸어. 정말이지 미칠 것 같소."

"악성 바이러스 때문이라면? 무산시?"

"그렇소. 그 망할 바이러스 때문에 수많은 사람이 죽은 곳이오."

"잠깐만요, 그래도 힘을 내서 살아야……?"

그의 말을 끊고 물기가 저벅한 목소리로 남자가 말했다.

"살면 뭐하겠소. 나도 한때는 잘 나간 적도 있지만 인공지능한테 일자리도 뺏기고, 어머니와 아내만 고생시키고…… 두 사람, 얼굴이 떠올라 잠을 잘 수가 없소. 미칠 것 같소, 살아 있는 게 악몽이오."

남자가 한 손으로 머리카락을 움켜잡았다. 서준이 은근슬쩍 소리를 낮추어 물었다.

"혹, 누가 악성 바이러스를 유포했다면 어쩌겠소?"

"말이 되는 소리를 하시오. 인간의 탈을 쓰고 누가 그런 끔찍한 일을 하겠소. 인간이 아니라면 모를까? 사람들은 정부의 대처가 미흡했다고 원망들을 하고 있지만 정부라고 갑자기 당한 재난을 어쩌겠소."

인간이 아니라면 모를까? 남자의 대책없는 믿음에 불쑥, 화가 치밀었다. 당신이 몰라서 그렇지, 인간이라고, 인간이 한 일이라고, 소리치고 싶었다.

"어떻게 한 치의 의심도 없이 그렇게 믿습니까?"

"이보시오. 텔레비전에 나와서 눈물 흘리던 총리를 보지 않았소? 그런 인간적인 총리를 믿지 못하면 어떻게 하겠소. 젊은 총리가 그렇게 국민들을 위해 노력하는데."

남자의 말에 서준은 독버섯 같은 적의가 치솟았다.

"조작이라고 생각해 보진 못했소? 아니, 가면을 썼다는……."

"뭐라고요? 당신 제정신이오? 총리의 눈물까지 음해하다니. 총리의 할아버지도 아버지도 얼마나 이 나라를 위해 애쓴 분들인지 알고나 있으시오? 어떻게 그런 분들을……."

서준은 당장 달려들어 씩씩대는 남자의 목구멍을 틀어막고 싶었다. 곧 죽을 인간이 보내는 무한 신뢰에 속이 뒤틀렸다.

그는 남자를 노려보다가 인사 한마디 없이 돌아섰다. 올라오는 욕지기를 참을 수가 없어서 중얼중얼댔다.

"아무 의심 없이 꿀꿀 멍멍, 먹이만 쫓아다니는 한심한 인간들. 도대체 생각이라고는 하질 않아. 그저 정치꾼들이 끌고 가는 대로 허덕이며 따라가는 미개인들! 왜 의심조차 포기한단 말인가? 사람이라면 적어도 합당한 의심도 하고 따져도 보고 살펴도 보고 생각도 해야지!"

분노가 마구 솟구치며 울분이 끓어올라 견딜 수가 없었다.

다시 자동차에 올랐다.

숲을 벗어나 마을로 들어서자 차창 밖으로 오종종 앉아 있는 노인들의 모습이 보였다. 저들도 평생, 누군가가 이끄는 대로 생각 없이 살아왔을 것이다. 집 앞에서 폴짝거리는 저 아이도 또 그냥 믿을 수 없는 것들을 믿고 따라가기만 하겠지.

두 팔을 벌리고 뱅뱅 돌던 아이가 지나가는 자동차를 향해 방긋 웃으며 손을 흔들었다. 그는 급히 고개를 돌려 아이를 외면했다. 아이의 맑고 환한 웃음이 그의 양심을 틀어쥐고 아프게, 비틀 수도 있으니까.

3

아침 해가 밝아왔다. 라희는 오늘도 총리의 외부 행사 때문에 정신이 없었다. 오전에는 이미 계획대로 준비해 놓은 테크노쇼 개막식에 참여하는 총리를 따라갔고, 돌아와서는 곧바로 전직 총리들의 모임인 원로회에 참석하는 총리를 쫓았다. 사무실로 돌아오니 다리가 풀릴 정도로 피곤했다. 새삼스럽게 느끼는 것이지만 같은 인간으로 태어났어도 총리와 의전실장의 위치는 하늘과 땅 차이였다. 아무리 친구라고 해도, 총리는 총리이고 의전실장은 총리를 보필하는 직원일 뿐이었다. 그렇게 차이를 느끼며 살다 보니 자신도 어느새 길들여져 그가 친구로서 하는 말에도 대꾸하기가 힘들었다. 오 년이다. 좋든 싫든 오 년이면 총리의 임기도 끝난다. 그때 다시 대등한 친구 관계로 돌아간다면 아프게 등짝이라도 한 방 때려 주고 싶었다.

잠시 휴식을 취하는 사이, 퇴근 시간이 되었다. 곧장 옷을 갈아입고 헬멧을 쓴 후, 오토바이에 올랐다. 서준이 근무하는 연구소로 달려갔다. 그의 연구실에 불이 켜져 있었다. 이 시간이면 퇴근을 했을 텐데 이상했다. 그녀는 어둠 속에서 그가 나오기를 기다렸다. 한참 후에 서준이 자동차에 오르는 것을 확인했다. 속도를 높여서 자동차를 바짝 뒤쫓았다.

"이젠 미행까지?"

서준은 백미러를 통해 쫓아오는 오토바이를 보며 가슴이 철렁했다. 요즘 들어 아침저녁으로 자주 보는 오토바이였다. 검은 헬멧 속에 얼굴을 감추고 있지만 분명 동일 인물이 틀림없었다. 분명히 재후가 미행을 붙인 것 같았다.

"내가 떠날 거라는 사실을 알았을까? 아니지, 곧 디데이가 다가오니 발악을 하는 거겠지."

다시 연구실로 자동차를 돌렸다.

만약을 대비해서 생각했던 한 가지 준비를 더 해야 할 것 같았다. 혹, 일이 잘못된다고 해도, 자기 혼자만 죽을 순 없다. 김재후가 공범이라는 것을 분명히 알려야 한다. 그렇지 않으면 녀석은 자신에게 모든 것을 덮어씌우고 옛날처럼 그렇게 뻔뻔하게 빠져나갈 것이다.

서준은 아무도 없는 연구실 책상에 조용히 앉았다. 그리고 잠시 호흡을 고른 후, 비장한 마음으로 천천히 입을 열었다.

"나, 한서준은 지금 몹시 위험한 일에 뛰어들었습니다. 지난 무산시 악성 바이러스 유포는 현직 총리 김재후의 지시에 의한 것으로……."

그는 비슷한 내용으로 두 번 녹음을 반복한 후, 연구실 컴퓨터에 저장했다. 이 자료들은 자신이 없더라도 지금까지 해온 연구와 함께 지켜질 것이다. 그는 연구실에 있던 것들도 대충 챙겼다. 책상 속에 보관했던 전자여권과 국제 라인뱅크의 코인 카드는 미리 자동차에 갖다놓는 게 좋을 것 같았다. 그는 다시 집으로 향했다. 여전히 오토바이는 그의 자동차를 따라오고 있었다.

오늘이 서준의 메모지에서 발견한 디데이다.

라희는 밤새 악몽에 시달리다가 새벽에 눈을 떴다. 꿈속에서 들판에 널린 시체를 본 것 같기도 하고, 자신이 좀비가 되어 돌아다니기도 했다. 고양이 소리를 들은 것 같기도 하고, 떼거리로 몰려온 고양이 떼가 할퀴기도 했다. 온통 머릿속이 뒤죽박죽 헝클어졌다.

창문을 열고 밖을 내다보니 찬 공기가 훅, 밀려들어왔다.

"아, 벌써 가을이구나!"

계절이 바뀌는 것도 모르고 바쁘게 달려왔다. 여명에 비치는 나뭇잎 색깔이 누렇다. 이름 없이 돋았다가 말라가는 나뭇잎처럼 사람도 언젠가는 색이 변해서 바스라질 것이다.

두려웠다.

오늘, 정말 나뭇잎처럼 또 사람들이 바스라질까?

그렇다면 나는 무엇을 해야 할까?

번민이 거듭될수록 용기와 포기도 들쑥날쑥 교차했다.

나설 수도, 그렇다고 숨을 수도 없는…….

책상에 앉았다.

일단 서준의 동향부터 살펴볼 생각이었다.

연구실에 설치했던 카메라를 재생했다. 여느 날처럼 그는 조교들과 연구실에 있었다. 어제와 다를 바 없는 평범한 일상만 찍혔다. 그런데 다음 장면이 이상했다. 날짜를 확인해 보니 어제저녁이다. 집으로 가다가 차를 돌려 되돌아 갔던. 조교들이 없는 연구실에 서준이 혼자 앉아 있었다. 뭔가 골똘히 생각에 잠긴 모습이다. 한참 동안 가만히 앉아 있던 그가 뭔가를 끼적이더니 쓴 것을 고치듯 줄을 죽죽 그었다가 다시 쓰기를 반복했다. 잠시 후, 쓰기를 멈추고 종이를 앞으로 당겨 놓았다. 고개를 들고 허공으로 천천히 숨을 내쉬며 호흡을 가다듬었다. 검어진 낯빛에 비장미가 감돌았다. 그렇게 굳은 듯 한동안 움직임이지 않다가 조용히 숨을 고르며 입을 열었다. 이어서 들려오는 차분한 목소리.

"지난해 4월의 무산시 악성 바이러스에 대해 말씀 드립니다. 그것은 현직 총리인 김재후에 의해 저질러진 범죄였습니다. 그는 유토피아를 꿈꾸는 망상자로서 잉여 인간을 정리하여 국민들의 사회보장금을 줄이기 위해 일을 벌인 것입니다. 저는 그의 지시로 이 일을 했으며……."

이럴 수가!
라희는 숨이 턱, 막혔다.
머릿속이 하얘지면서 몸이 덜덜거렸다.

그토록 의심하며 찾던 퍼즐이 서준의 입에서 직접 흘러나오다니!

"악성 바이러스를 유포하여 인구수를 줄인 후, 기본 연금을 높여서 인기를 얻으며 장기 집권을 꾀하려고 했습니다."

아, 무산시, 아, 무산시…… 수없이 죽어간 사람들의 영상이 떠올랐다. 재난이 아니라 사악한 인간들이 저지른 범죄였다니! 걷잡을 수 없는 분노가 화산처럼 치솟았다.

"물론 이 명령을 거절하지 않은 저에게도 잘못이 있습니다만, 저도 제 목숨을 부지하기 위해서 어쩔 수 없었습니다. 그리고 내일, 두 번째로 바이러스를 유포합니다. 용서하십시오. 이 녹음은 저, 한서준이 연구실에서 직접 했으며 말씀드린 것은 모두 진실입니다."

"내일, 내일이다. 신고를, 신고해야지……."
라희는 혼잣말을 하며 떨리는 손으로 전화기를 찾아들었다.
"안 돼. 내 친구들이야. 아냐! 친구가 아니라 악마들이야.

악마!"

허둥지둥 손가락으로 번호를 눌렀다. 눈물과 분노가 뒤엉킨 얼굴에서 눈물인지 땀방울인지 모를 액체가 흘러내렸다.

"신고해야 돼, 아니야. 아니야. 진정해. 일단 진정하고 생각을…… 생각을 해 보자."

다시 전화기를 내려놓았다. 그녀의 붉은 눈동자가 다시 모니터로 향했다. 녹음을 끝낸 서준이 자료들을 저장하는 것이 보였다. 악마라고 하기엔 너무나 친숙하고 파리한 얼굴이었다.

"서준을 만나야 해. 절대 그런 일을 할 친구가 아니야."

부랴부랴 겉옷을 찾아 걸쳤다.

"아니야, 정신 차려, 수많은 사람을 죽인 악마야. 설득이나 타협의 대상이 아니라고, 그들이 죽인 무산시의 사람들을 생각해 봐. 그리고 또 죽어갈 사람들…… 넌, 센트럴돔 비서관이잖아 진정하고 냉철하게 사태를 파악한 후……."

다시 자리에 주저앉았다. 무작정 만나서 해결될 일이 아니다. 아니 그를 만난다고 해도 순순히 자백하고 자수할까, 그 모든 것은 미지수였다.

"서준 뒤에는 재후가 있다."

냉정을 찾은 라희는 숨을 고르며 다시 앉았다. 당장 이 녹음

하나 달랑 들고 신고를 한다고 해도, 재후가 빠져나갈 구멍은 얼마든지 있다. 서준을 정신이상자로 몰아가거나, 증거를 없애려고 죽일 수도 있다. 물론 녹음을 제공한 라희, 자신도 당할 수 있고, 이 모든 일을 거짓에 의한 한낱 해프닝으로 끝내 버릴 수도 있다. 그렇게 된다면 오늘 유포될 바이러스는 막을 수 있다고 해도, 무산시에서 죽어간 수많은 사람들의 원한은 그대로 묻혀 버린다.

총리 김재후, 그를 추종하고 그가 심어 놓은 사람들은 도처에 깔려 있다. 그의 말 한마디에 모든 게 잠잠해질 것이다. 그렇다면 방법은 하나, 일단 맨몸으로라도 부딪쳐 봐야 한다.

그녀는 벌떡 일어나 재후와 서준의 목소리가 담긴 칩과 녹음을 묶어서 메일에 저장한 후, 전송 예약을 했다. 만약 성공한다면 메일은 증거 자료로 사용하고 그렇지 않으면 언론사 몇 군데로 바로 전송될 수 있도록 자동 예약을 했다. 냉정을 되찾은 그녀는 거울 앞에 섰다. 거울 속에 사춘기 소녀의 말간 얼굴이 겹쳐 보였다. 그 소녀와 함께 웃어 주던 두 소년의 풋풋한 얼굴도.

"잘 가라, 김재후 한서준. 나는 지금부터 내 친구였던 너희 둘을 버린다!"

그녀는 주먹을 굳게 쥐고 눈을 크게 떴다.

4

라희는 여느 날과 다름없이 일찍 출근하여 관저 1층 회의실로 갔다.

오늘 총리 일정은 신임 대사 임명식과 각료 회의, 각국 대사들과의 저녁만찬이 있었다. 재후와 서준이 일을 벌인다면 분명히 일과를 마친 밤이 될 것이다. 그때까지 신속하게 움직여야 한다. 긴장된 그녀의 입술이 바짝바짝 타들어 갔다. 실장들이 모두 들어온 후, 재후가 기다리고 있던 그들에게 인사를 하며 들어왔다.

"좋은 하루입니다!"

라희는 재후를 꼿꼿하게 두 눈으로 노려보았다. 활짝 웃으며 자신을 향해 운동장을 달려오던 아이, 저, 허멀끔한 가면 뒤에 그처럼 사악한 악마가 숨어 있다니 믿을 수 없었다. 차라리 꿈이었으면 좋겠다는 생각을 했다.

아침 회의가 시작되었다. 그런데 비서실장의 툭 불거진 두 눈이 그녀의 얼굴에 자꾸 머물렀다. 늘 재후 옆에 껌딱지처럼 딱 붙어서 2인자 노릇을 하는, 고집 세고 간간한 늙은 여우의 눈길이라 몹시 불쾌했다.

아침 회의는 간단하게 끝났다.

마음이 바쁜 라희는 먼저 일어나 밖으로 나왔다. 사무실에 들러서 부하 직원에게 업무 지시를 하고 곧바로 나갈 생각이었다. 일단 서준을 만난 후, 살상을 막을 방법을 찾아야 할 것 같았다. 안 되면 물리적인 방법이라도 쓸 생각이었다.

그녀가 서둘러 복도 끝, 문 밖으로 발길을 옮기고 있는 그때, 언제 따라왔는지 비서실장이 그녀를 스쳐 지나가며 재빨리 손에 쪽지를 쥐어 주고 잰걸음으로 사라졌다.


D-DAY


비서실장이 쥐어 준 작은 쪽지에 담긴 영문 4글자.

'저 늙은 여우가 지금 도대체 무슨 짓을…… 아, 디데이! 그럼 비서실장도 재후와 총리의 일을 알고 있었단 말인가? 그런데 왜 내게 이것을? 함정? 음모?'

라희는 갑자기 미궁에 빠진 듯 어지럽고 혼란스러웠다.

'아예 모른 척한다. 알은체하면 함정에 빠질 수 있다. 아니다, 나도 알고 있다고 언질을 주면 혹, 도와주지 않을까? 문제는 저 늙은 여우가 아군인지 적군인지 모른다는 것이다. 아니다, 절대 아군일 리가 없다. 3대째 재후 집안을 섬겨 온 충신인데.'

라희는 결국 모른 척, 하기로 했다.

그 자리에서 머리를 흔들며 생각을 정리한 후, 사무실에 들러서 자신의 일을 대신해 줄 직원에게 2시간 후에 있을 신임 대사 임명식 업무를 지시하고 곧바로 주차장으로 향했다. 오토바이 덮개를 벗기며 생각해도 비서실장에게 받은 쪽지가 자꾸 마음에 걸렸다. 모바일을 꺼내어 비서실장에게 문자를 찍었다.


F-CORD.


디데이를 알고 있다면 F코드도 알고 있을 것이다.

오토바이에 올라 모바일을 확인했지만 답장이 없었다. 손잡

이를 잡고 시동을 걸었다.

"잠깐만 기다려요."

헐떡거리는 쉰 목소리가 들려왔다. 깜짝 놀라 돌아보니 비서실장이었다.

"잠깐만, 할 얘기가."

그가 바짝 옆으로 다가오더니 주위를 살피며 소리를 한껏 낮췄다.

"지금 한 박사한테 가시오?"

"어떻게 그걸?"

비서실장이 다짜고짜 자기를 따라오라고 손짓을 했다. 허둥대는 두 눈과 쌕쌕대며, 힘들게 침을 모아 삼키는 모습이 절박하게 보였지만 경계를 늦추지 않았다. 오토바이에서 내려 그를 따라간 곳은 비서실장의 자동차였다.

"잠깐 타요."

CCTV를 의식하며 두리번거리자 그는 또다시 손짓을 했다. 그가 먼저 운전석에 올랐다. 그녀는 운전석과 대각선으로 뒷자리에 앉았다.

"총리와 한 박사가 하는 일을 알고 있지요?"

그녀는 침묵했다.

"무산시 재난……, 나도 일이 터지고 나서 알게 되었다오. 그리고 또다시 일을 벌인다는 것을 알고 막을 방법을 고민했소. 언제 일을 벌일지 늘 주시하고 있었는데 오늘 아침에야 가까스레 알게 되었다오."

"그런데 왜 저를?"

"의전실장이 자료보관실에서 F코드를 찾아봤다는 정보를 입수하고, 행적을 추적하다가…… 어쨌든, 막아야 해요. 우리 같이 합시다."

"왜 저에게?"

"자세한 이야기는 나중에 합시다. 의전실장도 알고 있겠지만 총리를 상대한다는 것은 목숨을 내놓는 일이오. 서로 믿읍시다. 오늘 저녁에 한 박사가 관저로 들어와서, 관저 지하실에서 배양한 바이러스를 가지고 나갈 거요. 돔을 빠져나가기 전에 의전실장이 막아 주시오."

"관저 지하실에서?"

"왜, 지난해 여사님 컬렉션 보관창고 만든다고 하던 그곳이오."

아, 그랬구나. 귀중한 물건들이라고 특별한 보안을 부탁했던 일. 그녀가 보안업체를 불러오기까지 했었다.

"지하실에 들어갈 수 있는 방법은요?"

긴장된 그녀의 목소리가 떨렸다.

"없어요. 나도 들어가 본 적이 없어요. 밖으로 나오면 그때 막아야 해요."

비서실장의 목소리가 더 낮아졌다.

"관저 정원인데, 밤에, 들여보내 줄까요?"

고개를 돌려 비서실장을 쳐다보며 그녀가 물었다.

"그건 내가 처리해 놓겠소. 의전실장이라면 한 박사를 거뜬히 제압할 수 있을 것이오. 둘은 비밀 유지를 위해 개별적으로 행동한다오. 그래서 오늘, 한 박사가 혼자 움직일 것이오. 한 박사에게서 확실한 증거를 확보해야 총리를 상대할 수 있어요. 오늘 저녁 대사들과 만찬도 총리의 알리바이를 위한 것이오. 나까지 빠지면 의심할 수 있으니 그 시간에 의전실장이 움직여 주시오."

비서실장은 말을 하는 중간 중간에 침을 모아 삼키며 마른입을 축였다.

"비서실장님을 믿어도 될까요?"

"우선 살생부터 막읍시다. 이 일을 막지 못하고 살생이 일어나면 의전실장도 후회할 거요. 참, 그리고 한 박사가 들어오면 내가 신호를 보내겠소."

그 말을 끝으로 비서실장이 재빨리 차에서 내렸다. 몰래 녹음 종료 버튼을 누르는 라희의 머릿속에 빅뱅이 일어났다.

'저 늙은 여우를 정말, 믿어도 될까? 그는 왜 총리를 배신하려는 것일까? 내가 걸려든 것은 아닐까?'

하지만 분명히 오늘이다. 그리고 비서실장이 한 말은 이래저래 쪽수가 맞았다. 서준의 수첩에서 발견한 디데이, 장소, 범인까지도 그는 정확하게 알고 있었다. 그러나 지금까지 총리 옆에서 그가 해 온 일을 봐서는 절대 신뢰가 가지 않았다.

'아군? 적군? 혼자만의 싸움에서 동지를 만났다면 이보다 좋은 수는 없다. 아니다, 자칫 잘못하다간 일을 그르치고 그에게 당할 수도 있다.'

라희는 자동차에서 내리지도 못하고 이어폰으로 조금 전 몰래 녹음한 대화를 다시 들었다. 어떻게 들으면 진정성이 느껴지기도 하고, 또 어떻게 들으면 교활한 느낌도 들었지만 어느 정도 신빙성이 있었다. 재후와 서준이 한밤중에 관저에서 나오는 것을 똑똑히 목격했었다. 여사의 컬렉션 보관소라는 명분으로 엄청난 보안시설을 갖춘 것도 사실이다. 그들이 그곳을 악의 본거지로 삼은 것이 틀림없는 것 같았다. 그렇다면 오늘 저녁, 서준은 반드시 지하실로 올 것이다. 지금 섣불리 그를 따라붙다간 일을 그르칠 수 있다. 그가 눈치를 채고 어딘가로 도망을 친다면 바깥, 넓은 곳에서 찾기가 더 힘들 것이다. 관저라면 쉽게 빠져나갈 구멍이 없다. 만약 관저에서 놓친다고 해도 돔을 빠져나가기 전에 돔 전담 경찰에 도움을 받을 수 있다. 생각을 촘촘하게 좁혀 가자 비서실장에 대한 의심과 믿음 두 축에서 믿음의 축으로 생각이 기울어졌다.

하지만 비서실장을 전적으로 믿을 수는 없었다. 그녀도 배수진을 쳐 놓아야 할 것 같았다. 그녀는 조용히 사무실로 다시 돌아왔다.

5

그날, 저녁.

각국 대사들과의 만찬자리에 직원을 대신 보낸 후, 라희가 조용히 전화기를 들었다.

"실장님, 지금 어디예요? 꼭 드릴 말씀이 있는데 만날 수 있을까요?"

"전, 지금 밖에 나왔는데. 내일 하면 안 될까요?"

"아니요, 지금 좀 오시면 좋겠습니다."

"알겠습니다. 지금 가죠."

"그럼, 의전실에서 기다리겠습니다."

퇴근하던 안보실장이 라희의 전화를 받고 급히 차를 돌렸다.

안보실장은 그녀가 총리의 친구로 실세 중의 실세라고 생각하기 때문에 거부할 수 없었다. 라희는 만일의 사태에 대비해서 방탄조끼를 입고 권총을 주머니에 찔러 넣었다. 창문을 열었다. 기다렸다는 듯이 찬 바람이 한꺼번에 몰려들었다. 이 찬바람 속에, 그곳이 어디가 될지는 모르지만 또 수많은 사람들의 통곡소리가 울려난다면…… 흐드러진 벚꽃 잎이 점점이 눈물로 흐르던 지난 4월의 그 비통함이 다시금 살아나는 것 같았다. 주먹을 꼭 쥐었다. 하늘을 올려다보았다.

"제발 도와주세요. 오늘 밤은 꼭 눈을 부릅뜨고 지켜 주세요!"

하늘을 우러러 전지전능한 신에게 간절히, 간절히 기도했다.


현재 시각 7시. 벌써 날은 저물고 있었다.

"의전실장님, 무슨 일입니까?"

안보실장이 사무실에 들어섰다.

"네, 여기 앉으세요."

그녀는 안보실장이 앉자마자 모바일에 담아 둔 재후와 서준의 대화, 그리고 서준이 혼자서 한 녹음을 들려주었다.

안보실장의 얼굴이 점점 굳어져 갔다.

"어떻게 이런 일이? 이걸, 어디서 입수했소?"

"상황이 긴급해서, 자세하게 말씀드릴 시간이 없습니다. 들으신 대로 오늘 밤 또다시 바이러스를 유포할 것 같습니다."

"오늘 밤에? 총리는 지금 어디에 계십니까?"

"지금 만찬 중일 것입니다."

"그럼, 총리의 신병은 일단 확보된 상태가 아닙니까?"

그가 고개를 갸웃거리다가 신중한 어조로 말했다.

"우리 선에서 할 수 있는 일은 아닌 것 같은데, 섣불리 나섰다간……."

라희가 재빨리 그의 말을 가로막았다.

"오늘 밤 막지 못하면 또, 대량 살상이 발생할 수도 있습니다."

"의전실장님, 이 녹음 파일만 가지고는…… 자칫하다간 내부 쿠데타로 오인 받을 수 있어요."

몸을 사리며 뒤로 빼는 그에게 라희가 강하게 말했다.

"안보실장님, 제노사이드입니다. 일단 막아야 하지 않겠습니까?"

그가 빤히 라희를 쳐다보며 말했다.

"의전실장님, 진정하십시오, 일단 비서실장, 아니지. 경호실장님께 보고를 한 후에 움직이는 게……."

"그렇게 뒷일이 걱정되신다면 하는 수 없군요."

그녀가 재빨리 허리에 찼던 총을 꺼내 그에게 겨누었다.

"이게 무슨 짓이오?"

"용서하십시오. 실장님이 저와 같이 하지 않으신다면 이 방법밖엔 없습니다."

언제 비서실장에게 연락이 올지 몰라서 꾸물거릴 시간이 없었다. 사실, 그녀가 배수진을 치려고 했던 것이 안보실장이었다. 비서실장과 둘이서 일을 처리했다가 잘못하면 당할 수 있다는 생각에 안보실장을 엮으려 한 것이다. 그런데 동조하지 않는 그를 놔주면 일을 망칠 수도 있을 것 같았다. 우선 시간이 없으니 그를 감금해 놓고 혼자서 움직일 준비를 했다.

"좋소, 실장의 말을 이해했소, 나도 같이 하겠소."

그가 새파랗게 질린 표정을 감추며 나직히 말했다.

"그럼, 관저 쪽에서 연락이 오면 바로 시작합니다."

"누가 연락을?"

"비서실장님이."

"비서실장이? 그 사람을 믿어요?"

깜짝 놀란 안보실장의 목소리가 높아졌다.

"사람은 못 믿지만 그의 최소한의 양심을 믿지요."

둘이 마주 앉아서 초조하게 연락을 기다렸다. 심장이 쪼그라드는 것 같아서 연신 호흡을 골랐다. 8시 45분. 비서실장이 보낸 메시지가 떴다. 그녀는 곧바로 안보실장을 앞세우고 관저를 향해 달려갔다.

6

짧아진 해가 사위를 더 어둠으로 몰아넣었다. 관저 문 앞에
도착하니, 예상대로 제2 부속실 경호원들이 앞을 막아섰다.

"우린 의전실장과 안보실장이에요. 비서실장이 미리 연락을
했을 텐데요."

"아, 네. 들어가십시오."

문을 통과한 후, 안보실장이 잔뜩 굳은 어투로 다시 물었다.

"비서실장을 믿어요?"

"네."

그녀의 확신에 찬 목소리에 안보실장이 걸음을 멈추고 쳐다
보았지만 라희는 걸음을 멈추지 않고 말했다.

"자세한 것은 저도 몰라요. 어쨌든 지금은 이 일에만 집중합시다."

두 사람의 빨라지는 심장박동이 긴장과 두려움을 대신했다. 이 정원은 유일하게 cctv가 없는 곳이었다. 총리의 말 한마디, 메모지 한 장도 국가기록물로 보관되고 가는 곳곳마다 돌아가는 감시카메라가 있어서 자유롭지 못했다. 그래서 총리 가족의 친척이나 보안 손님들이 오면 이곳에서 산책도 하고 야외접대도 했다. 정원 끝에는 또 하나의 문이 나오는데 바로 관저 대문이었다. 그곳에서 경호원들이 또 막아설 것이다. 넓은 정원의 나무 사이를 걸어가며 그녀가 말했다.

"실장님, 우리는 관저 안으로 들어가지 않고 정원에서 한 박사가 나오길 기다릴 것입니다. 은신처는 바로 저 바위 뒤입니다."

그녀의 지시에 안보실장은 기분이 상한 듯했지만 어쩔 수 없이 바위 뒤, 어둠 속에 몸을 숨겼다. 마음 같아서는 곧바로 지하실로 뛰어들어 한서준을 붙잡고 싶지만 지하실 접근은 비서실장도 불가능하다고 했다.

라희는 옆구리에 찔러 넣은 권총을 다시 확인했다. 오늘 이것으로 서준이나 재후, 아니면 둘 다를 쏠 수도 있다는 생각에 비통함이 앞섰다. 유혹처럼 떠오르는 그들과의 추억들은 이를 악물고 지워 나갔다. 그들은 친구가 아니라 악마다! 아니, 내 친구로 가장한 악마다! 머릿속에 도장을 새기듯 새기고 또 새겼다. 시간이 지나자 바위에 밀착한 다리가 저리고 몸이 떨렸다. 다행히 옆에 붙어 앉은 안보실장은 별 말이 없었다. 간혹, 찬바람에 살아남은 나방들이 정원 등, 불빛에 달려들며 어지럽게 시야를 가릴 뿐.

밤 9시 30분.

공관의 문이 열리고 사람 소리가 났다. 출입문 불빛 아래 그림자가 움직였다. 윤곽이 뚜렷하지 않아서 누군지 알아볼 수가 없었다. 긴장한 탓에 어깨가 조여 들고 입술이 바짝바짝 타 들어갔다.

"야옹!"

고양이 소리였다.

그렇다, 오늘 저녁 고양이가 숙주로 쓰일 수도 있겠다!

숨이 턱, 막혔다.

불쌍해라!

그녀는 숨을 죽이고 잠시 고양이를 위해서도 간구했다. 오늘 밤, 제발 저 고양이를 살려 달라고!

발소리가 점점 가까워지고 있었다.

"고양이가 바이러스 숙주일 수도 있으니, 그것부터 빼앗아야 합니다."

그녀의 낮은 소리에 안보실장이 고개를 끄덕였다.

가까이 다가오는 키가 큰 두 남자와 작은 남자, 작은 남자의 손에 들려 있는 가방. 두 남자는 경호원이고 가방을 든 남자는 서준이 틀림없었다.

"거기 섯!"

그녀가 뛰어나가 재빨리 서준을 덮쳤다. 하지만 남자들이 더 빨랐다. 키 큰 남자의 주먹이 그녀의 어깨를 강타했다. 그녀는 아랑곳하지 않고 다시 고양이 가방에 손을 뻗었지만 서준이 비켜갔다. 다급한 마음에 그녀가 외쳤다.

"한서준!"

"라희?"

둘의 이름이 비명처럼 동시에 울려났다.

"한서준, 안 돼. 안 된다고!"

서준이 허둥지둥 달아났다.

두 남자가 양쪽에서 라희의 어깨를 붙잡았다.

"난, 의전실장이다. 빨리, 저 남자를 쫓아라."

그들은 주춤거리면서도 그녀를 놓지 않았다. 그제야 안보실장이 서준을 쫓아가며 소리쳤다.

"이런, 미친⋯⋯, 나는 안보실장이다. 빨리 잡으란 말이다."

안보실장의 명령에도 그들은 움직이지 않았다.

"놔, 빨리 저자를 붙잡으란 말이다."

그녀의 절규에 가까운 외침에도 그들은 오히려 공격할 태세를 취했다. 그들 임무는 보안손님을 지키는 게 먼저였다. 공관 당번 경호원들은 공관에서 보안손님이 나오면 무사히 자동차를 타고 떠나는 것을 확인하는 것까지가, 자신들의 임무이기에 지금 상황에 판단이 서지 않는 모양이었다.

"명령이다, 빨리 따라왓."

안보실장이 크게 소리치자 그제야 경호원들이 라희를 놓고 서준을 쫓았다. 그녀는 재빨리 센트럴돔, 전담경찰에 전화를 했다.

"의전실장입니다. 낮에 말해 두었듯이 그 남자의 가방부터 압수하세요. 그 속에는 악성 바아리스의 숙주인 고양이가 들어 있어요. 위험물이니 조심해서 인도하세요. 절대 열어 보지 말고."

"넷, 비서실장님께 연락 받고 지금 대기 중입니다. 출동하겠습니다."

아, 비서실장이 뒤에서 뭔가를 하고 있구나! 안도의 한숨이 터져 나왔다. 이제 서준은 끝났다. 늘 연구실 책상머리에 앉아있는 녀석이라 맥없이 붙잡힐 것이다. 그렇다면 지금 자신은 총리에게 가야 한다. 서준이 붙잡힌 것을 알게 되면 재후가 증거인멸을 위해 서준을 그 자리에서 사살하라고 명령할 수도 있다. 그러기 전에 재후도 잡아야 한다.

대사들과의 만찬은 9시 전에 끝났을 것이다.

관저를 향해 뛰었다. 그러나 관저 대문 앞에서 또 막혔다. 서준을 엄호하던 경호원들로부터 연락을 받았는지 이미 관저 앞에는 경호원들이 쫙 깔려있었다.

"난, 의전실장이오. 급히 총리를 만나야 해요."

"안 됩니다. 총리님의 지시를 받지 못했습니다."

"그러면 총리를 빨리 불러 주시오."

"그것도 안 됩니다. 경호실장님의 명령이 있어야 합니다."

"비상사태란 말이오."

"그래도 안 됩니다. 경호실장님께 연락을 했으니 기다려 주십시오."

지휘체계의 명령에 따라 움직이는 그들을 어떻게 할 것인가? 이렇게 되면 자꾸 시간만 끌게 된다. 어쩔 수 없이, 라희는 앞에 서 있는 경호원의 목에 팔을 두르는 것과 동시에 총구를 이마에 들이댔다.

"누구든지 움직이면 발사한다. 당장 총리를 만나지 않으면 위험한 상황이 발생한다. 시간이 없다."

그녀는 목숨을 건 모험을 하고 있었다. 경호원들은 총리 가족을 지키기 위해 무슨 일이든 할 자들이다. 언제 어디서 총알이 날아와 자신의 머리를 관통할지 모른다.

"그대들은 지난 4월의 무산시 바이러스를 기억하고 있을 것이다. 그것은 생물무기를 사용한 테러였다. 지금 또 그 일이 벌어지려고 한다. 빨리 막지 않으면 또 대량 살상이 일어난다. 제발, 내 말을 듣고 총리를 만나게 해 주라."

그녀가 절박한 마음으로 설득을 하고 있을 때, 안보실장이 헉헉대며 뛰어왔다.

"나는 안보실장이다. 모두들 경거망동하지 말고 의전실장의 말을 믿어라. 빨리 총리를 만나야 한다."

그가 말하는 사이, 라희는 이미 인질에게 총을 겨눈 채, 관저 문을 향해 뒷걸음질을 치고 있었다.

"잠깐만, 잠깐만 기다려 주십시오. 제가 총리님께 허락을 받고 오겠습니다."

인질로 잡힌 경호원이 온몸을 떨며 호소했지만 라희와 안보실장은 그대로 걸었다.

"한 박사는?"

"경찰이 인도해 갔어요."

"감사합니다. 안보실장님."

둘이 잠시 이야기를 나누는 동안에 경호원들은 움직이지 않고 지켜보기만 했다. 안보실장은 국가 안보의 책임자다. 의전실장은 총리의 수족과 같다. 아무리 죽음으로 지켜야 하는 총리관저이지만 지금은 움직일 상황이 아니라고 판단한 것 같았다.

무사히 관저 2층까지 올라갔다. 인질로 잡은 경호원을 내 보낸 후, 총리의 침실을 찾으려고 문을 열어 젖혔다. 2층, 세 번째 방문을 열자 침대에 누워 있던 부인이 비명을 지르며 일어났다.

"누, 누구얏!"

총리가 샤워가운을 걸친 채, 칫솔을 들고 뛰어나왔다. 잠시 방 안을 살피던 라희가 탁자에 놓여 있던 재후의 모바일을 그의 입에 갖다댔다.

"라희야?"

재후가 놀라서 그녀의 이름을 불렀지만 그녀 목소리는 차가웠다.

"자, 한 박사에게 말하시오. 이제 끝났다고."

"아, 아니. 무슨 일…… 안보실장 무슨 일이오?"

안보실장은 말없이 재후를 노려보기만 했다.

"빨리 말햇!"

라희가 그의 턱밑에 총구를 바짝 들이밀었다.

"지금 이게 무슨 짓이야?"

재후가 날카롭게 소리쳤다. 하지만 그녀는 침착하게 총구를 더욱 밀착시켰다.

"김재후, 서준을 살리려면 빨리 전화해."

"이게 무슨? 어떻게 감히…… 안보실장 뭐하시오?"

안보실장이 움직이지 않자, 그제야 사태를 파악한 재후가 서준의 번호를 찾아 떨리는 목소리로 말했다.

"한 박사. 이제 끄, 끝났어."

그 순간, 라희의 귓가에 날카로운 금속성이 느껴졌다.

"꼼짝 말아."

안보실장이었다. 안보실장이 총을 겨눈 채, 한 손으로 그녀의 총을 빼앗았다.

"미안하다. 안보실장으로서 총리와 국민을 지키는 게 내 임무다. 조용히 해결하고 싶다. 혼란이 일어나면 나라가 위태로워진다."

"……."

갑작스러운 역공에 눈앞이 아득해진 라희는 입을 열 수 없었다.

"넌, 안타깝지만 대의를 위해서 사라져 주어야겠다. 너를 잊지 않고 기억하겠다. 너의 희생으로 많은 인명을 살렸다. 분명한 것은 네가 말한, 총리의 작전은 여기서 끝날 것이다."

이런 복병이 있을 줄 미처 생각하지 못했다. 온몸을 떨며 그녀가 입을 열었다.

"안보실장, 나를 죽이면 당신도 위험해요. 총리의 비밀을 안 이상, 당신을 살려 둘 것 같아요?"

"걱정 마라, 이것이 내게 안전장치가 될 것이다."

안보실장이 자신의 주머니에 있는 모바일을 가리켰다. 라희가 녹음을 들려줄 때, 이미 그는 만약을 대비해서 그것을 녹음하고 있었던 것이다. 대충의 사태를 파악한 그는 라희를 죽여서 국정의 혼란을 막고 자신의 생명을 보존할 계산까지 한 것이다.

"안보실장님, 다시 생각해 주십시오."

"난 결정한 대로 한다!"

그의 목소리에 단호함이 느껴졌다.

라희는 두 눈을 감았다. 억울했지만 구차하게 생명을 구걸하고 싶진 않았다. 재후를 바라보았다. 말할 수 없는 비애와 비통이 교차했다.

"안보실장, 밖으로 데리고 나가시오!"

한숨을 내쉬며 재후가 말했다. 안보실장이 침대에서 바들바들 떨고 있는 부인을 바라보며 힘주어 말했다.

"좋소, 당신의 비열한 계획은 일단 여기서 묻기로 합시다. 한 박사의 입은 내가 막겠소. 그리고 당신의 범행 사실이 담긴 녹음은, 내 목숨의 안전장치로 보관 중이라는 사실을 명심하시오. 당신이 범죄를 덮기 위해 나를 해치면 바로 녹음된 목소리가 세상에 알려지게 될 것이오. 이것은 오직 국가와 국민을 지키기 위한 나의 충정이고 결단이라는 것을 알아주시오."

재후가 천천히 고개를 끄덕였다.

"가자."

총구가 더 깊이 파고 들었다. 라희의 단발마 같은 증오가 재후에게 쏟아졌다.

"김재후, 네가 죽인 수많은 사람들은 누군가의 소중한 부모

였고, 형제였어. 너 같은 악마가 내 친구였다니…… 정말 부끄럽기 짝이 없다!"

재후의 하얗게 질린 입술에서 들릴락 말락 한 소리가 새어나왔다.

"라희야……."

안보실장이 그녀를 뒷문으로 데리고 갔다. 구름을 비켜간 달이 환하게 빛을 쏟아내고 있는 괴괴한 뒷마당에서 풀벌레가 울었다. 라희의 발걸음이 휘청댔다.

"앞으로 계속 걸엇! 왼쪽으로 돌아서 가."

이것이 세상에서 마지막 길이다, 라는 생각에 천천히 새기듯 한걸음, 한걸음씩 떼어 놓았다. 안보실장도 그녀의 마지막을 재촉하진 않았다. 저 모퉁이를 돌면 끝이다. 곧 총알이 머리를 뚫고 지나가면 흔적도 없이 세상에서 사라질 것이다.

아니다,

이대로 죽으면 너무 억울하다!

갑자기 뇌수가 차가워졌다. 정신을 차리자. 오랫동안 경호원으로 단련한 몸이다. 안보실장을 이길 수 있다. 그녀는 호흡을 가다듬고 건물 모서리까지의 거리를 가늠했다.

하나, 둘, 셋, 넷,

이때닷!

건물 모서리를 돌기 전, 발을 들어 올린 상태에서 번개같이 머리를 숙이며 몸을 돌렸다. 오른쪽 관자놀이를 겨누었던 총구의 각도가 모서리를 돌게 되면 살짝 꺾인다는 것을 계산한 것이다. 어느새, 총을 든 안보실장의 오른팔이 그의 손안에 잡혔다.

"탕! 탕!"

동시에 총구가 불을 뿜었다. 두 발의 총성이 허공을 날았다. 총알이 빨랐다. 미처 돌리지 못한 라희의 왼쪽 어깨에 총알이 박혔다.

"윽!"

라희가 필사적으로 그의 오른팔을 찍어 누르며 꺾었다. 안보실장이 힘에 밀려 기우뚱, 중심을 잃고 쓰러졌다. 재빨리 총을 낚아채려 손을 뻗었지만 그의 손아귀가 만만치 않았다. 엎치락뒤치락, 뺏으려는 자와 뺏기지 않으려는 자의 죽음 같은 사투가 벌어졌다. 이를 악물었지만 총구가 뚫은 어깨에서 솟아나는 피 비린내와 뼈가 으스러지는 고통이 엄습했다. 그의 팔을 놓치는 순간, 죽는다! 어둠 속에 엉겨 붙은 두 사람의 호흡이 거칠었다. 총소리에 경호원들이 달려왔다. 안보실장이 그들을 향해 소리쳤다.

"안보실장이다. 어서 이자를 체포햇!"

경호원은 모두 다섯, 그들은 앞을 향해 총을 겨누며 간격을 좁혀 왔다.

"난, 의전실장이다. 이자가 총리를 테러하려 한다. 체포하라."

라희가 온 힘을 다해 명령했지만 그들은 머뭇거렸다. 안보실장이 또다시 소리쳤다.

"뭣들 해, 의전실장이 총리를 테러하려 했다! 명령이다, 어서 쏘란 말이야. 빨리!"

그 순간 다급한 재후의 목소리가 들렸다.

"멈춰라."

그의 손에 총이 들려 있었다. 경호원들이 재빨리 안보실장의 손에서 총을 거둔 후, 재후를 둘러싸 호위했다. 그가 라희 쪽으로 다가서며 물었다.

"의전실장, 괜찮아요?"

라희의 어깨에서 흘러내린 피가 그녀의 몸 한쪽을 흥건하게 적셨다.

"괜찮…… 윽!"

그녀가 총상에 손을 갖다대며 신음하자, 재후가 명령했다.

"안보실장을 당장 체포햇."

"옛!"

재후의 명령이 떨어지자 경호원들이 안보실장을 끌고 갔다.

"빨리 구급차를 불러라. 의전실장이 부상을 당했다."

라희가 놀란 눈으로 재후를 올려다보며 물었다.

"네가 어떻게······?"

그녀만 들을 수 있는 목소리로 재후가 재빨리 말했다.

"친구를 버릴 순 없지."

재후의 말에 라희가 그를 향해 이를 악물고 경멸에 찬 목소리로 말했다.

"이, 악마! 널 죽여 버리고 말 거야."

"죽이다니, 친구는 서로 도와야지."

구급차 소리에 그들의 목소리가 묻혔다.

그때였다.

"탕!"

재후가 비명을 지르며 어깨를 붙잡고 쓰러졌다. 총알이 그의 어깨를 정확하게 관통했다. 어느새, 라희의 손에 재후가 들고 있던 총이 들려 있었다.

"악, 라희야. 왜, 왜······?"

"악마 같은 놈, 당장 이 자리에서 널 죽이고 싶지만 법의 심판에 맡길 거다.”

그녀의 싸늘한 목소리에 재후가 손을 내저으며 애원했다.

“라희야, 제발…… 살려 줘! 너만, 너만 가만 있어 주면, 우리 모두 괜찮을 거야. 내가, 내가 다 책임질게. 제발!”

재후의 간절한 애원에 그녀는 대답하지 않았다.

“……!”

“네가 원하는 것은 무엇이든 내가 다 해 줄게. 응, 라희야!”

“다 끝났어!”

그녀의 냉정한 한마디가 끝나기 전에 구급차와 경찰이 도착했다.

“라희야, 라희야…….”

재후의 간절한 외침을 뒤로 하고 라희가 구급차에 먼저 올랐다.

“잘 가라, 김재후.”

그녀가 탄 구급차가 달리자 저만큼에서 또 한 대의 구급차가 요란하게 달려오고 있었다.

7

낙엽이 검게 쌓여 가는 거리에 초가을 찬비가 소리 없이 내렸다. 센트럴돔, 법원 앞에는 궂은 날씨에도 여러 방송사들의 차량들로 빼곡했다. 각 방송국에서 나온 사람들이 경쟁하듯 205호 법정에 장비들을 세팅하고 있었다. 오늘은 김재후와 한서준의 재판이 열리는 날이었다. 국민들의 알 권리를 위해서 법원 측에서 전국에 생방송을 허락했다. 점심시간이 끝나기도 전에 방청을 하려는 사람들이 몰려들어 길게 줄을 늘어섰다.

"비서실장이 오늘 증인으로 나오려나?"

"참, 그 늙은이 오래도 해 먹더니, 결국 주인을 배신했어."

"당연히 그래야지, 그건 배신이 아니라 옳은 일 아니야? 사람은 정말 겉을 봐선 알 수 없다니까. 어떻게 그 멀끔하고 순수해 보이는 총리가 그런 흉악한 일을 할 수 있었을까? 국민들이 고양이에게 생선가게를 맡긴 꼴이 되었어."

"아니야, 그 생물학자 한서준한테 속은 거래. 그놈이 총리 친 군데, 정신적으로 무슨 문제가 있다잖아. 총리가 그놈한테 당한 거지. 총리의 아버지인 김 의원이 인터뷰한 것 못 봤어? 그놈이 어릴 때부터 총리를 괴롭힌 아주 악질이었대. 그래도 마음 착한 총리가 그 친구를 잘 돌보아주었다지. 그러니까 은혜를 원수로 갚은 거야. 그러게 친구를 잘 보고 사귀어야지 아무하고나 사귀면 큰일 난다니까. 그런데 어떻게 그런 놈이 총리의 친구가 될 수 있었는지 그게 궁금해."

"SNS에 떠도는 것을 보니 계획적인 접근이라잖아. 중학교 때부터."

"그래? 그러니까 사람이 너무 착해도 안 돼. 사실, 총리처럼 대를 이어 정치하는 빵빵한 집안에서 뭐가 아쉬워서 그런 인간과 가까이 지냈겠어. 분명히 이번 일도 그놈이 뭔가 협박했을 거야. 우리 총리를 꼼짝 못하게 올가미를 씌우면서."

"넌, 아직도 우리 총리니?"

"그럼, 잘생긴 우리 총리가 너무 불쌍하잖아."

줄을 서 있던 두 사람이 쉬지 않고 떠들었다. 그들의 바로 앞에서 아이의 손을 잡고 서 있던 여자가 참지 못하겠다는 듯 발끈했다.

"지금 그 흉악한 살인마가 불쌍하다고요?"

뒤에 서 있던 사람이 갑작스레 치고 들어온 여자를 보며 기분 나쁜 목소리로 되물었다.

"예?"

"총리가 왜 불쌍하죠? 그럼, 그 인간 때문에 죽은 수많은 사람들은요?"

"그게, 아니…… 그런데 그쪽이 무슨 상관이세요? 내 맘대로 자유롭게 얘기도 못해요. 정말 별꼴이야!"

뒤에 선 사람이 외면하며 톡 쏘아보았다. 그러자 여자가 핏대를 올렸다.

"당신들의 이야기를 듣고 있는 우리 아이한테 미안해서 그래요. 흥, 자유요? 사실이 뭔지도 모르고 함부로 말하는 것, 그건 자유가 아니라 자유의 남용이에요. 두 인간이 무산시의 사람들을 학살했어요. 이게 팩트 아닌가요? 그럼, 둘 다 똑같이 나쁜 거예요. 아니, 국민들의 선택을 받아 국가를 이끌고 나가야 할 인간이 오히려 국민들을 죽였어요. 그럼 누가 더 나쁜가요? 똑바로 알지 못하고 살인마를 동정이나 하는 어른을 아이들이 어떻게 보겠어요?"

속사포같이 쏘아붙이는 말에 두 사람의 얼굴이 벌겋게 부어올랐다. 그때였다. 갑자기 어지러운 발소리가 들리면서 사람들이 우르르 몰려 들어왔다. 줄을 선 사람들이 영문을 모른 채 우왕좌왕했다. 꽤 넓은 법정 로비는 순식간에 발 디딜 틈도 없이 사람들로 가득 찼다. 워낙 사람들이 많다 보니 저지하고 있는 경찰들이 밀리는 판이었다.

"재판 같은 것은 필요 없다, 살인마 김재후를 내놓아라!"

"우리가 살인마를 심판하겠다!"

"김재후를 죽여라!"

사람들이 목이 터져라 외쳐댔다.

"여러분, 이러면 안 됩니다. 법치주의 국가에서 정당한 재판을 거쳐……."

경찰이 설득에 나섰지만 흥분한 사람들은 더 소리를 질렀다.

"우리는 공권력을 믿을 수 없다. 김재후를 내놓아라."

성난 사람들은 물러나지 않고 더욱 소리를 높였다. 한편에선 바닥에 주저 앉아 애끓게 가족의 이름을 부르며 통곡을 했고, 다른 편에서는 몸부림치며 바닥에 뒹굴었다. 정말이지 그동안

쌓였던 절절한 분노가 애끓는 소리와 몸짓을 통해 표출되고 있었다.

"여러분 돌아가십시오. 오늘 재판은 취소되었습니다. 모두 해산해 주십시오!"

"이렇게 무력을 사용하시면 법에 따라 처벌 받게 됩니다. 빨리 해산해 주십시오."

귀청이 찢어질 듯 확성기 소리가 높았지만 모두들 아랑곳하지 않았다.

"살인마 김재후를 내놓아라."

"김재후를 내 놓기 전에 우리는 돌아가지 않는다."

한데 엉켜서 아우성치던 사람들이 급기야 경찰에 끌려 나가기 시작했다. 기자들은 연신 플레쉬를 터트렸고 사람들 틈바구니를 돌아다니며 마이크를 들이댔다. 한 기자가 가장 자리에 서 있는 한 여인을 붙잡고 인터뷰를 시도했다.

"어디서 오셨습니까?"

"지금 이것, 방송으로 나가나요?"

여인은 대답 대신 기자에게 되물었다.

"아니, 아직 그것은……."

"그럼, 잘 찍었다가 방송에 내보내요. 그 살인마가 생떼 같은 내 아들을 죽였어요. 오늘 그놈을 만나서 내 이 손으로……."

여인이 거친 숨을 몰아쉬며 손을 부들부들 떨었다.

"어머님, 진정하세요. 곧 재판이 열리니 법에 따라 공정한 판결이 내려질……."

"법? 그 법을 어떻게 믿어요? 법으로 세운 총리가 사람을 죽였어요. 그런 살인마에게 법이라니! 여기 이걸 좀 보라고요, 이게 우리 아들이……."

여인이 말을 잇지 못하고 기자에게 핸드폰을 내밀었다.


엄마, 빨리 와, 무서워요!


"에미가 내 자식 찾으러 가지도 못하게 막아 놓고, 이게 무슨 나라냐고요? 국민들을 보호해 주지 못하는 이딴 나라가 어디 있어요!"

"그럼, 그때, 어머님은 무산시에 계시지 않았나요?"

"나는 직장 때문에 다른 도시에 있었어요. 소식을 듣고 달려갔지만, 다 막았어요. 집에 가지도 못하게. 그렇게 애원을 했는데도, 한 발짝도 들여놓지 못하게 막았어요. 전화까지도. 이 문자도 우리 애가 가고 나서야……."

엄마, 사랑해요!

그다음 문자였다. 딱 두 줄의 문자를 남기고 아들이 죽었다. 여인의 검붉은 두 눈에선 피 같은 눈물이 쏟아져 내리고 있었다.

"김재후를 끌어내라!"

"살인마 김재후를 죽여라!"

사람들의 사무친 원한은 더 과격한 행동으로 나타났다. 공권력이 사랑하는 가족들의 목숨을 앗아갔다는 이 기막힌 사실 앞에 그들의 몸부림은 끝나지 않을 것 같았다. 이들을 이곳으로 이끈 사람이나 단체는 없었다. 가족을 잃은 슬픔과 분노, 그리고 믿었던 국가에 배신당한 상실감으로 견딜 수 없어서 재판 시간에 맞춰 달려온 것이다. 무산시에서, 아니 전국 방방곡곡에서.

8

공영 텔레비전에서 갑자기 정규 방송이 중단되었다. 예고도 없이, 생각지도 못한 방송을 내보내기 시작했다.

"이 영상은 무산시에 살고 있는 시민들이 보내온 것입니다."

자막이 화면에 나타나자, 무심히 지나가던 센트럴돔 광장과 직장, 가정에 있던 시민들이 하던 일을 멈추고 바라보았다. 그 것은 지난 4월 무산시의 악성바이러스 사건이 일어났을 때, 찍은 영상들이었다. 사실, 이 영상은 무산시 사태가 종결되고 사이버 판옵티콘이 해제된 후 많은 시민들이 방송국에 보낸 것들이지만 정부와 밀착되어 있는 인사들이 국민들에게 좋지 않는 영향을 줄 수 있다고 내보내지 않았던 것이었다. 그동안 SNS를 통해 이 영상들이 인터넷에 올라오기도 했지만 사이버 감시단에 의해 바로 삭제되었다.

텔레비전을 보던 시민들은 당시의 처절했던 장면들을 보면서 몸서리를 쳤다. 그 처연하게 흐드러진 벚꽃을, 눈물처럼 새하얗게 흩날리는 꽃잎을 배경으로 참혹했던 고통의 무산시를 담아내고 있었다. 모든 것이 차단된 그 암울한 현장에서 부모 형제의 죽음을 끌어안고 고통스러워하는 사람들의 아픔이 그대로 전달되었다. 그 기록은 죽은 자들의 마지막 몸부림이었고 살아남은 자들의 피 끓는 절규가 되어 온 세상을 눈물바다로 만들었다.


영상 속의 어떤 아버지.

축 늘어진 아들을 힘겹게 업어다 자동차에 태웠다. 아들은 아버지 보다 몸도 키도 더 건장하고 컸다. 이내 들려오는 아버지의 애절한 목소리.

"가자, 세상 천지에 이런 일이 어디 있어? 신고한 지 벌써 한 시간이 넘었는데 구급차를 보내 주지도 않고. 가자."

아버지의 혼잣말이 자동차 블랙박스에 그대로 담겼다.

"뭐야, 차단막이잖아. 도대체 이놈들이 뭘 지랄을 하는 거야? 이봐요. 빨리 그거 좀 치워요. 우리 아들이 감염되었단 말이오. 빨리요, 빨리!"

아버지의 다급한 목소리에 이어 굵직한 목소리가 들렸다.

"안 됩니다. 환자 수송은 구급차로만 할 수 있습니다. 감염 위험 때문에 개인 자동차로는 수송할 수 없습니다."

"무슨 말이오? 신고를 한 게, 언젠데, 구급차가 안 오잖아. 어떡하란 말이오?"

아버지가 불같이 화를 냈다.

"그래도 안 됩니다. 집에 돌아가셔서 구급차가 올 때까지 기다리십시오."

"뭐라고요? 지금 그걸 말이라고? 사람이 죽어 가고 있다고요. 제발!"

"안 됩니다. 돌아가십시오!"

"아, 이 미친놈들아…… 나는 간다. 가고 말 테다!"

"안 돼요. 날카로운 체인 차단막이라 어차피 못 갑니다. 타이어가 터져요."

경찰이 신경질을 내며 말렸다.

"아, 미치겠네. 아들아, 제발 정신 좀 차려라. 응. 얘야."

아버지의 울음소리와 애원 소리가 애간장을 녹였다.

"이봐요, 경찰관. 당신도 자식이 있지 않소? 제발 좀 살려 주시오. 제발. 한 번만, 우리 아들 살려 줘요."

묵묵부답.

아버지의 울음소리가 악으로 변했다.

"이게 무슨 나라냐? 길거리에서 사람이 죽어 가는데…… 그래 같이 죽자."

이어서 액셀을 세게 밟았는지 자동차 엔진 소리가 요란했다. 그리고 자동차 타이어 터지는 소리가 펑, 들렸고 멀리서 구급차 소리가 어지럽게 울렸다.

이어지는 자막,

이 영상은 가족이 고인의 자동차 블랙박스에서 입수해서 보내 준 것입니다. 아버지와 아들은 모두 악성바이러스 감염으로 사망했습니다.

다음 영상은 더 눈뜨고 볼 수 없을 정도였다.

병원이었다. 환자들이 즐비하게 누워 있고, 바쁘게 의료진과

메디컬 로봇이 움직이고 있었다. 구급차에서 내려진 환자들이 바닥까지 꽉 찼다. 신음소리, 울음소리, 살려 달라는 애절한 호소, 연신 하얀 시트에 덮인 채, 들려 나가는 주검들.

"여기, 사망자요!"

"여기도 사망자 있어요!"

다급한 외침.

"거기 통제 좀, 잘 해요. 가족들을 들여보내면 어떡해요. 감염되면 당신이 책임질 거야? 책임질 거냐고."

"아, 씨. 식구들 걱정에 제발로 걸어 온 사람들을 어떡하냐고요?"

"빨리 경찰에 연락해요. 환자 외엔 아무도 집 밖으로 내보내지 말라고! 아주 다 죽으려고 환장했어. 정말!"

누가 누구에게 하는 말인지 알 수 었었다. 카메라는 고통으로 몸부림치는 환자들을 향하고 있었기에. 또 근처에서 들려오는 희미한 목소리.

"이거 우리도 철수해야 하는 것 아닌가요? 미친 짓이에요. 이렇게 몰려드는 환자들을 어떻게 다 감당해요. 다 죽어요, 죽어. 살아나갈 수 있을 것 같아요? 다 죽어. 죽는다고!"

"그만해요. 나도 무서워요. 무서워 죽겠는데……."

의료진들의 목소리 같은데 그들은 두려운 나머지 울음을 터뜨리기도 했다.


더 처참한 것은 가족으로 보이는 세 사람의 주검이었다.

여자 셋, 어머니와 딸 둘. 딸 둘도 제법 나이가 들어 보였다.

안간힘을 다해 끊어질 듯 이어지며 들려오는 목소리.

"엄마, 우리 엄마 죽었어. 죽었어. 흐흑."

"어, 엄마……."

울 기력도 없는 듯, 목소리가 점점 잦아들었다.

"언니, 정신 차리고……."

"도, 동생아……."

"언니, 언니…… 손, 손 잡아……."

눈을 감은 세 사람은 더 이상 말이 없었다. 여전히 주위는 소란스럽고 급히 뛰어다니는 소리와 다급한 외침이 요란하게 섞여서 들렸다. 죽은 자는 말이 없지만, 그들이 알리고 싶었던 그날의 기록들은 화면 속에서 생생히 재연되어 증언하고 있었다. 누구도 반박할 수 없는 그날의 처참한 기록들이.

9

"오늘은 김재후 전 총리와 한서준, 윤라희의 재판이 열리는 날입니다. 이들이 어릴 때부터 친구라는 사실이 밝혀지면서 사람들의 관심이 쏠리고 있는데요, 오늘 재판은 지난번, 시민들의 법정 무단 침입, 소요 사태로 인해 비공개로 진행되고 있습니다. 법원 안팎에는 혹시 있을지 모를 돌발 사태를 대비하기 위해 대규모 병력을 배치한 가운데 긴장이 고조되고 있습니다. 오늘 재판은 국선변호사들도 변호를 거부한 상태라 변호인 없이 피고들이 직접 변론에 나설 예정이어서 더 관심이 모아지고 있습니다. 또 전, 총리를 저격한 의전실장 윤라희가 출석할 수 있을지 궁금해지는데요, 그녀는 총상을 입고, 어깨뼈가 골절되어 현재, 병원에서 두 차례 수술을 받고 치료 중인 것으로 알려졌습니다. 시민단체들은 그녀가 전 총리를 총으로 쏜 것은 정당방위였다며 제노사이드를 막은 그녀의 공로를 인정해 달라는 탄원서를 법원에 제출한 후, 구명 운동을 벌이고 있습니다. 하지만 일각에서는 그녀의 단독 행동이 자칫 큰 재난으로 이어질 수 있었다며 마땅히 법의 심판을 받아야 한다고 주장하고 있습니다. 현재, 재판은 시작되었으며……."

205호 법정.

고요한 정막이 흐르는 가운데 재판관들이 차례로 들어오고 재판이 시작되었다. 중앙에 앉은 재판장이 방청석을 둘러본 후 말했다.

"오늘 재판을 진행하기에 앞서, 이 자리에 오신 분들께 먼저, 협조 부탁 말씀을 드립니다. 김재후와 한서준에 의해 소중한 가족과 친척들을 잃은 분들의 그 분노와 아픔을 충분히 이해합니다. 하지만 재판부의 공정한 법 절차를 준수하면서 재판 과정을 지켜보시기 바랍니다. 지난 재판처럼 무력으로 재판정을 침범하거나 소란을 피우는 행위가 발생하면 본 재판관들은 더 이상 묵과하지 않을 것이며 엄중히 처벌할 것입니다. 여러분의 협조를 다시 한번 간곡히 부탁드립니다. 그럼, 지금부터 재판을 시작하도록 하겠습니다."

법정은 쥐 죽은 듯이 고요했다.

"오늘 재판은 무산시 악성바이러스 유포로 인한 대량 살상 특별사건입니다. 먼저, 김재후 피고인, 그 자리에서 일어서 주십시오."

판사의 호명에 재후가 그 자리에서 일어섰다. 수의를 입은 두 손은 굵은 밧줄에 묶여 있었다.

"피고, 총상을 입은 곳은 괜찮습니까?"

"네, 총알이 늑골 사이를 지나가서⋯⋯."

판사의 물음에 재후가 자신의 어깨 쪽을 내려다보면서 대답했다.

"피고는 한서준과 공모하여 무산시에 악성 바이러스를 유포하여 대량 살상을 자행했습니다. 인정하십니까?"

판사가 지그시 내려다보는 가운데 재후가 잠시 입술을 깨물었다가 눈을 똑바로 뜨고 말했다.

"아니요, 그것은 이 나라를 위해, 아니 미래 세대를 위한 저의 큰 결단이었습니다."

"이 나라와 미래 세대요?"

"그렇습니다. 제가 총리직을 수행하면서 절박했던 문제가 있었습니다. 그것은 우리가 흔히들 말하는 추상적인 인권, 윤리, 생명존중보다 더 절박한 절대적 현재성입니다. 현재, 먹고살아가는 문제, 말입니다. 사회보장금으로 겨우 연명만 하는 수많은 사람들의 비참한 삶을 생각해 보신 적이 있습니까? 세금으로 쏟아부어도 부족해서 살 수 없다고 아우성치며 돔 광장에 모여드는 사람들을 보지 않았습니까? 근본적인 대책이 없으면 이 문제는 계속 이어지고 이어져 현재의 국민도 미래의 국민도 희망이 없습니다. 힘들지만 한번은 누군가가 정리를 하고 넘어가야 할 일입니다. 총리인 제가 그 악역을 맡은 것뿐입니다."

그의 목소리는 놀라울 정도로 여유가 있었다.

"국가의 수반인 총리가 국민의 생명을 보호하지는 못할망정 수많은 인명을 살상하고도 반성의 여지가 전혀 없군요. 피고는 지금, 억지주장으로 자신의 범죄를 합리화하고 있다는 것을 알고 있습니까? 국민 그 어느 누구도 총리에게 악역을 맡긴 적이 없습니다. 오늘 피고인들은 변론을 맡아 줄 변호사들이 없다는 사실, 모든 변호인들이 변호를 거절했다는 사실을 명심하십시오."

판사가 냉정을 유지한 채 표정 변화 없이 말했다.

"그렇지 않습니다. 무산시의 사람들, 아니 무산시 사람들의 몫으로 더 많은 파이를 나눠 가진 사람들, 그들은 자신들에게 돌아오는 파이 조각이 커졌다고 환호하고 찬양하고 있습니다."

재후의 얼굴에 웃음기마저 돌았다. 자본에 길들여진 게걸스럽고 탐욕스러운 인간들, 그들이 내게 무언의 악역을 요구했단 말이오, 크게 한번 더 소리치고 싶은 마음을 눌렀다.

"그들을 그렇게 만든 것이 결국 피고 같은 권력자들이 아닙니까? 그렇다면 피고에 의해 희생된 국민들은 어떻게 합니까?"

재판장이 강한 어조로 다그치듯 말했다.

"대를 위해서, 아니, 미래를 위해서 얼마 정도의 희생은 각오해야 한다고 생각합니다."

"국민들을 위해서 또 다른 국민들을 희생양으로 삼겠다는 말입니까? 계획했던 2차 악성바이러스 유포도 같은 의미입니까?"

"네, 어차피 정리할 때 다 정리할 생각이었습니다."

"피고가 주장하는 정리 대상은 잉여 인간을 말하는 것입니까?"

"네, 그렇습니다."

"피고가 생각하는 잉여 인간은 도대체 누구입니까?"

"사회에 기여하지 못하고 기본연금으로 살아가는 무직자와 노령층을 말합니다."

냉정을 유지하던 판사의 표정이 점점 일그러졌다.

"피고는 천인공로 할 범죄를 저지르고도 전혀 뉘우치지 못하고 궤변만 쏟아내고 있습니다. 더 이상 피고를 심문할 수 없을 것 같습니다. 피고, 마지막으로 할 말이 있으면 해 보십시오."

재후가 어깨를 펴고, 갑자기 목소리를 높였다.

"제가 권력을 이용해서 부정부패를 한 것도 아니고, 더구나 제 개인의 이익을 위해서 취한 것은 아무것도 없습니다. 오로지 국민들과 미래 세대의 발전을 위해서 한 일입니다. 선처해 주시길 바랍니다."

재후가 다시 자리에 앉자, 잠시 앞을 주시하고 있던 판사가 서준의 이름을 불렀다. 서준이 밧줄에 묶인 두 손을 탁자에 얹으며 엉거주춤 일어나더니 대뜸 울먹였다.

"억울합니다. 재판장님, 정말 억울합니다. 가만히 생각해 보니 제 인생은 한 번도 제 것인 적이 없었습니다. 세상에 태어나서 저라는 인간은, 단 한 번도 행복한 적이 없었습니다. 도대체 나는 왜 태어난 것일까요?"

"피고 한서준, 진정하십시오. 똑바로 서서 묻는 말에만 대답하십시오. 피고는 복수를 위해 계획적으로 전 총리인 김재후에게 접근한 것이 맞습니까?"

"그렇습니다."

"그럼, 당사자인 김재후에게 복수를 하지 왜 무고한 사람들을 살해했습니까?"

"그건…… 김재후는 친구여서, 아니, 복수하기엔 재후가 가진 권력이 너무 컸습니다. 그 권력을 단번에 무너뜨리고, 세상에 그의 사악함을 알리려고 했습니다."

"피고는 정신 치료 이력이 있던데, 정신 감정을 받은 적이 있습니까?"

"예."

"어떤 진단을 받았습니까?"

"강박 및 관련장애, 라고 했습니다."

"피고의 증상은 언제부터 시작되었고, 어떤 증상이 나타납니까?"

"음, 초등학교 때부터 그런 것 같은데, 카터칼로 책상을…… 아니, 모르겠습니다. 모든 게 불안하고 불결해 보이고, 집착이…… 아닙니다. 잘 모르겠습니다."

"공소장에 고등학교 때 김재후의 배신으로 상처를 받았다고 되어 있습니다. 그때부터 복수할 생각을 가지고 있었습니까?"

"예, 반드시 복수하고 말 것입니다."

"김재후에게요?"

"네, 아니요. 지영 씨에게도."

"지영 씨요? 지영 씨가 누굽니까?"

"어머니."

"왜 어머니에게?"

"네, 어릴 때는 그런 생각을 하기도 했습니다. 아닙니다. 제가 잘못했습니다. 어머니는…… 아닙니다."

"피고는 생물학자로서 학문적인 업적도 적지 않을 것 같은데, 안타깝습니다."

"죄송합니다."

"만약, 두 번째 범죄도 성공했다면 어떻게 할 생각이었습니까?"

"곧, 이 나라를 떠날 생각을 했습니다. 재후가, 아니 전직 총리가 저를 이용하고 있다는 것을 알았기 때문입니다. 복수를 포기한다는 것이 아니라 다시 기회를 엿보려고 했습니다."

"피고 김재후, 윤라희와는 어떤 사이입니까?"

"어릴 때 친구입니다. 그런데 라희도 재후 편에 서서, 저를 배신했습니다. 가만히 두지 않을 것입니다."

"피고, 정신 차리세요. 피고가 저지른 범죄를 볼 때, 그럴 기회는 주어지지 않을 것 같습니다."

재판장이 말을 마치자 서준이 고개를 꾸벅 숙였다가 자신이 앉았던 자리를 요리조리 살핀 후 조심스럽게 앉았다. 재판장이 약간 고개를 갸웃거리며 라희를 호명했다.

"다음은 피고 윤라희."

라희는 불구속 상태로 치료를 받는 중이어서 수의를 입지 않았다. 그녀의 자켓 밑으로 어깨에 감은 두툼한 붕대가 보였고 한 손은 지지대로 묶여서 목에 걸려 있었다. 라희가 일어나서 똑바로 판사를 바라보았다.

"피고는 김재후와 한서준의 범죄를 알고 이들을 막기 위한 과정에서 김재후에게 총상을 입혔습니다. 김재후에게 총을 쏘지 않고 경찰에 인도해도 되었을 텐데, 총을 쏜 이유가 무엇입니까?"

"죽이고 싶었습니다."

"죽이고 싶었다? 피고처럼 능숙하게 총기를 다룰 줄 아는 사람이 상대를 죽이고 싶었다면, 그것도 근거리에서 좀 더, 치명적인 부위를 쏠 수도 있었을 텐데 왜 생명에 지장이 없는 곳을 쏘았습니까?"

"오랜 친구이기 때문입니다. 흉악한 범죄를 저지른 김재후는 죽이고 싶었지만 제 친구인 김재후는 차마 죽일 수 없었습니다."

"피고로 인해 김재후, 한서준이 계획했던 두 번째 살상 계획이 무산된 것에 대해서 재판장이기 전에 한 사람의 국민으로서 깊이 감사드립니다. 하지만 법은 만인 앞에 공정해야 합니다. 조사 결과 피고의 행위는 정당방위가 아닌, 엄연한 범죄 행위입니다. 따라서 마땅한 처벌이 요구됩니다. 알고 있습니까?"

"네, 재판관님의 판단을 기다리겠습니다."

"피고인들에 대한 합동 심문은 이것으로 마치겠습니다. 앞으로 세 피고인이 한자리에서 재판을 받는 일은 없을 것입니다. 오늘 한자리에서 이렇게 대질 심문을 하게 된 것은 이 사건에 대해 다른 견해가 있을 지도 모른다는 재판부의 판단 때문이었습니다. 지금까지 심문에서 더 하실 말씀이 있으시면 지금 하십시오."

판사가 세 사람에게 잠시 시간을 주었지만 모두 고개를 저었다.

"그럼, 곧바로 증인 심문이 있겠습니다. 증인 김기택 앞으로 나와서 선서해 주십시오."

비서실장이 손을 들고 선서를 하자, 판사가 이어서 말했다.

"증인, 증인은 전, 총리의 비서실장으로 총리를 검거하는데 도움을 주었습니다. 맞습니까?"

"네, 아시다시피, 저는 평생 총리 집안을 위해 일해 온 사람입니다. 그들을 위해 헌신하는 것이 제 나름의 소명이라고 생각하며 살아왔지요. 그런데 점점 이상한 일이 벌어지더군요. 가만히 보니, 대를 이어 권력을 유지하려는 욕심으로 어른들이 아들들을 괴물로 만들고 있었어요. 어떻게 보면 참 불행하고 불쌍한 일이지요."

"불쌍하다니요?"

"불쌍하지 않습니까? 총리도 그의 아버지도 심성이 맑고 고운 아이들이었어요. 그런데 갈수록 괴물로 변하더니 더 악해지더군요. 급기야, 김재후 전 총리처럼 사람 목숨도 하찮게 여기는 괴물이 되었지요. 괴물이 괴물을 낳는 것을 보고 더 이상은 안 되겠다, 여기서 끊어야겠다고 생각했습니다."

"음, 괴물이 괴물을 낳았다? 그럼, 한서준은 왜 괴물이 되었을까요?"

"네, 괴물에게 물려서 또 다른 괴물이 되었지요. 그것도 가장 감수성이 예민할 시기에 물렸으니…… 한번 된통 물린 상처는 평생 아물지 않아요. 자꾸 덧날 뿐이죠. 그 인생도 참 불쌍하지요."

"증인은 무산시의 첫 살상이 일어났을 때도 알고 있었지요? 그땐 왜 묵인했습니까?"

"몰랐습니다. 일이 나고 난 후에 알게 되었소. 한서준이 자주 돔에 들락거려서, 보안 손님으로 특별히 비서실에서 관리만 했지 그런 흉악한 일을 꾸미는지는 몰랐어요. 그런데 무산시에 재난이 발생한 후, 총리의 태도가 아무래도 이상했어요. 다른 사람은 몰라도 가까이에서 오랫동안 보아 온 나는 그 표정을 보면 단박에 알 수 있었지요."

"처음에는 몰랐다? 그럼 이번엔 어떻게 알게 되었나요?"

"총리에게 내가 말했지요. 명색이 비서실장인데 총리가 하는 일은 나도 알아야 하겠다, 고. 무슨 일을 벌이는 것 같은데 나도 꼭 알고 싶다. 이 늙은 목숨 끝까지 총리를 돕고 싶다, 고 사정했지요."

"그런 중범죄를 알았다면 신고부터 하는 게 옳지 않습니까?"

"저도 별별, 안 해 본 생각이 없어요. 그러나 증거 확보도 없이 신고를 한다면 누가 내 말을 믿고 총리를 저지하겠어요. 이번에 생물무기를 확보했으니 이렇게 재판이 열릴 수 있었다고 생각합니다."

"음. 증인은 3대째 전 총리 집안을 위해 충성했다고 하는데 총리를 위해 마지막으로 하고 싶은 말이 있습니까?"

"먼저, 총리를 잘 보필하지 못한 내 죄는 죽어 마땅합니다. 그런데 오늘 법정에 서 있는 총리를 보면서 이것은 비단, 김재후 혼자만의 책임이 아니라는 생각이 들었습니다. 저 뿐만이 아니라 국민 모두에게 책임이 있는 것 같습니다. 제가 평생 정치판에서 살아 보니 정치꾼들의 두꺼운 얼굴과 감언이설을 국민들이 잘 분별하지 못해요. 자신에게 조금 이익이 되면 쌍수를 들어 환영하고, 손해가 되면 배신합니다. 김재후 총리도 국민들의 입맛을 맞추려다 보니 이런 끔찍한 일을 저지른 것입니다. 외람되지만 이렇게 시류와 이익에 따라 흔들리는 저와 국민 모두가 공범자였다고 저는 감히, 말씀드리고 싶습니다."

비서실장의 늙은 얼굴이 고통스럽게 일그러졌다. 판사가 그 모습을 물끄러미 바라보다가 다시 입을 뗐다.

"윤라희가 이 사건을 파고 드는 것을 어떻게 알게 되었습니까?"

"그녀가 무산시 악성바이러스 F코드를 조사한다는 연락을 자료보관실에서 받았습니다. 총리실에 근무하는 모든 직원들은 비서실의 관리 대상입니다."

"그것 하나만으로 윤라희를 믿었습니까?"

"아닙니다. 의전실장은 총리의 친구여서 비리의 빌미를 줄까 봐 그 전에도 그 후에도, 더 관심을 기울이고 있었습니다. 죄송 하지만 비서실에서 하는 공적인 일에 대해선 기밀이라 더 이상 말씀드릴 수 없음을 이해해 주시길 부탁드립니다."

"그럼, 한서준의 총리공관 출입을 증인이 도왔다고 하는데 맞습니까?"

"네, 한 박사는 총리실 보안손님 1호였기에 검문 검색 없이 출입시키라는 총리님의 지시가 있었습니다."

"증인, 수고하셨습니다. 이것으로 오늘 재판은 모두 마치겠습 니다."

판사들이 일어나서 퇴장하자 법정은 잠시 탄식 소리와 작은 야유가 들렸다. 재후와 서준, 라희가 교도관의 지시에 따라 일 어나서 나갔다. 서준이 문턱을 넘으며 소리쳤다. "김재후, 배신 자!" 재후가 말없이 그의 뒤통수를 바라보며 걸었다. 라희가 길 게 한숨을 내쉬었다. 재후와 서준이 대기하고 있던 호송차에 오 르는 것을 보면서 라희는 병원차를 타고 법원을 떠났다. 첫눈이 내리려는지 하늘이 잔뜩 내려앉아 있었다.

10

　법정에서 돌아온 라희는 곧바로 병실로 향했다. 수술한 어깨가 완치되지 않아서 한동안 더 치료를 받아야 하기 때문이다.

　2인실 병실, 텔레비전에서 오늘 진행한 재판에 대한 뉴스가 나오고 있었다. 누워서 뉴스를 보고 있던 라희 옆의 환자가 벌떡 일어나며 소리쳤다.

　"천벌을 받아야 해. 어떻게 저런 인간이…… 정말 내 손가락을 부러뜨리고 싶다. 아, 나도 저 인간을 뽑았다니까. 어떻게 인간의 탈을 쓰고 지 잘못을 뉘우칠 줄 모르고 저렇게 뻔뻔하냐, 정말 악마다, 악마!"

　그 소리를 듣고 라희가 돌아 누우며 혼잣말처럼 중얼거렸다.

"맞아요, 악마. 저도 몰랐어요. 내 친구들이 저런 악마가 될 줄은……."

그녀의 두 볼을 타고 소리 없이 물방울이 흘러내렸다.


두 달 후, 시민단체와 국민들의 탄원으로 라희는 불구속 상태에서 형 집행이 정지되었다. 자유의 몸이 된 라희는 교도소로 재후와 서준을 면회하러 갔다. 집을 나서니 하늘이 무겁게 내려앉아 우울했지만 곧장 걸음을 재촉했다. 교도관의 안내를 받으며 면회실로 들어서자, 곧이어 재후와 서준이 푸른 수의를 입고 수갑을 찬 채, 초췌한 모습으로 들어왔다. 둘은 라희가 앉은 탁자 앞으로 걸어와서 맞은편 의자에 앉았다.

"잘, 있었……지?"

라희가 어색한 듯 더듬거리며 인사를 했지만 둘은 무언극의 배우들처럼 고개만 끄덕였다.

"너희들, 도대체 왜 그랬니?"

라희가 안타까운 듯 말하자 재후가 씁쓸한 표정으로 말했다.

"우린, 처음부터 네 말대로 이상한 조합이었어."

그때, 갑자기 서준이 소리를 빽, 지르며 수갑 찬 두 손을 내밀었다.

"라희야, 물 티슈 없어? 여기 탁자 좀 봐, 세균이 우글우글하네. 여기도, 아, 저기도……."

라희가 가방에서 물티슈를 꺼내서 서준의 손과 탁자를 깨끗이 닦아 주었다. 서준이 얼굴을 찌푸리고 라희를 노려보며 또 소리쳤다.

"이게 다, 라희 너 때문이야. 네가 그때 끼어들지 않았다면 우린 만나지 않았을 거라고!"

그리고는 앞머리를 책상에 장난처럼 툭툭 찧다가 재후를 노려보며 악을 썼다.

"난, 아직 끝나지 않았다고. 네 녀석의 배신 때문에 내가 그동안 어떻게 살아왔는지 알아? 난, 아직 끝나지 않았어. 널 가만두지 않을 거야!"

서준이 흥분하여 재후에게 돌진하듯 고개를 휘둘렀다. 옆에 있던 교도관이 서준을 붙잡으며 주의를 주자 라희가 자신에게 맡기라는 손짓을 했다.

"서준아, 말로 해. 응. 할 말이 있으면 차분히 말로 하면 되잖아."

라희의 말에 서준이 사나운 눈초리로 쏘아보며 말했다.

"저 녀석이 어떻게 날 배신했는지 알아? 넌 모를 거야. 모른다고! 저 녀석의 파멸을 내 두 눈으로 똑똑히 지켜볼 거라고!"

재후가 얼굴을 찡그리며 고개를 돌렸다. 라희가 그런 재후에게 말했다.

"그러게, 김재후, 내가 진작에 화해하라고 했잖아. 그동안 넌, 왜 자꾸 피하려고만 한 거야?"

재후가 숨을 크게 한 번 내쉬고 천천히 말했다.

"네임 K. 그래 난 K였으니까. K가 살아가는 유일한 방법은 누군가를 밟으며 쫓고 쫓기는 추격전뿐이었지. 난 수많은 적들을 물리치고 최고가 되기 위해 달렸어. 그런 K가 어떻게 사소한 감정까지 다 짊고 넘어갈 수 있겠니? 그건 너무 허약한 시간 낭비가 아닐까? 그리고 난 서준을 믿었어. 말하지 않아도 친구니까 다, 알 거라고 믿었어. 그래서……."

"변명하지 마. 이 비열한 배신자야!"

서준이 악을 쓰자 라희가 둘을 떼어놓으며 말했다.

"그래, 아무리 믿었던 친구라도 말하지 않으면 알 수 없는 거야. 서로 말을 했어야지. 원한과 분노를 가슴에만 묻어 놓으면 어떻게 알아?"

재후가 희미하게 웃으며 말했다.

"아니야. 이 녀석은 다 알고 있었을 거야. 내 마음을 꿰뚫어볼 수 있다고 했거든."

재후의 말에 서준의 하얀 이마에 핏줄이 튀어 올랐다.

"나도 힘들었다, 너 때문에, 아니, 날 K로 만들고 널 그렇게
한 아버지 때문에!"

재후가 쓸쓸하게 웃었다.

"됐어, 변명하지 마!"

서준이 충혈된 눈으로 그를 노려보았다.

라희가 둘을 번갈아보며 차분하게 말했다.

"어쨌든 너희들은 기회를 놓친 거야. 돌이켜보면 우리가 살
아온 날들은 참 나쁜 시간들이었어. 우린, 어느 날, 하늘에서 뚝
떨어진 존재가 아닌데, 우리가 선택한 것도 아닌데, 나쁜 시간
들에 잡혀서 그 올무에서 벗어나지 못했던 거야. 하지만 생각해
보면 얼마든지 나쁜 시간에서 빠져나올 기회는 있었어. 좋은 시
간을 만들 기회가. 재후야, 기회는 지금도 있어. 그 기회를 놓치
지 말고 이제라도 정직하게 잘못을 인정하고 용서를 빌어. 이
부탁을 하려고 널 만나러 온 거야. 친구로서 마지막 부탁이다.
제발 기회를 놓치지 마."

라희의 간절한 호소에 재후는 오히려 아쉬움을 드러냈다.

"라희야, 그날 밤, 내 부탁대로 너만 눈감아 주고 날 도와주었

다면 난, 인간청소를 끝내고 이 나라를 멋진 유토피아로 만들 수 있었어. 그렇게 되면 라희 너도, 얻을 것이 아주 많았을 텐데."

라희가 경악하듯 소리쳤다.

"김재후, 아직도…… 정말 실망이다! 무고하게 죽어간 무산시 사람들의 핏소리가 들리지 않니? 그 소리를 듣지 못한다면 넌, 틀림없는 악마야!"

라희의 경멸에 찬 시선에 재후가 주먹으로 탁자를 내리쳤다.

"유토피아가 코앞이었는데, 정말 코앞이었는데……."

"김재후. 무고한 생명을 빼앗아서 만든 나라가 영원할 줄 알았니? 그래도 난 너에게 일말의 양심은 남아 있을 줄 알았어. 우리, 다신 보지 말자. 너 같은 악마를 다시 볼 일도 없겠지만."

라희가 싸늘하게 비웃자 재후가 벌떡 일어나며 소리쳤다.

"그래, 다신 보지 말자. 가, 가라고!"

재후가 문을 향해 걸어가자 라희가 애끓게 소리쳤다.

"재후야, 제발, 제발, 지금이라도 네 잘못을 인정해!"

재후가 교도관에게 이끌려 나갔다. 라희는 돌아서서 아직도 탁자에 머리를 박고 있는 서준을 향해 말했다.

"한서준. 너도, 피해자 코스프레 그만해. 너도 악랄한 범죄자야. 정직하게 용서를 빌어!"

서준이 눈을 부릅뜨고 신경질적으로 외쳤다.

"왜 나만 가지고 그래, 나도 저 녀석에게 당한 거라고!"

라희는 더 이상 서준을 마주 보고 싶지 않았다.

"너희들이 내 친구였다니 부끄럽다."

문을 향해 걸어가는 라희 앞을 서준이 가로막으며 울부짖
었다.

"라희야, 난 억울해. 억울하다고! 네가 날 좀 구해 줘."

라희가 서준의 눈빛을 똑바로 바라보며 분명하게 말했다.

"이 세상 그 누구라도 널, 구해 줄 사람은 없어! 아니, 구해 줘
선 안 돼. 넌, 지독한 살상용 괴물이니까. 네 많은 지식과 똑똑
한 두뇌가 또 어떤 살상을 저지를지 모르잖아. 넌 세상과 영원
히 격리되고 다시는 나타나지 말아야 해."

둔탁한 철문 소리를 뒤로 하고 교도소 밖으로 나온 라희는
센트럴돔으로 향했다. 센트럴돔 광장에 이르자, 기어이 잿빛 하
늘에서 주먹만 한 눈송이가 펑펑, 쏟아져 내렸다. 금세, 어디서
몰려왔는지 눈을 쫓는 아이들의 웃음소리가 광장에 가득 찼다.


광장의 대형 스크린에서는 뉴스가 흘러나오고 있었다.

시민정부의 수반으로서 용서할 수 없는 살상을 저지른 김재후 전 총리와 공범인 서준의 최종 선고가 내일 오후 1시에 열린다는 소식입니다. 이들의 흉악한 범죄에 치를 떨고 있는 시민들이 재판의 최종 결과에 관심을 집중하고 있습니다. 내일 재판도 법정 소요 사태를 방지하기 위해 방청객은 제한하지만 국민들의 알 권리를 위해 방송으로 실시간 생중계는 가능하다고 합니다. 다음 뉴스입니다…….

바람이 불어왔다. 바람결에 눈송이가 흩날렸다. 잠시 멈춰 서서 뉴스를 보던 라희도, 시민들도 바쁜 걸음을 옮기고 있었다.

작가의 말

오늘도,

무명의 K로 길들여진 수많은 청춘들은 여전히 권력과 명예와 부가 되기 위해 달리고, 미래를 예측하지 못한 또 다른 K들은 규격화된 하루를 달린다.

K, 대한민국에서

K, 익명으로

K, 다수의 청춘들이 계속 이렇게 달려만 간다면?

우리, 이제는 잠시 멈춰 서서 생각해 봐야 하지 않을까?

지금 내가 서 있는 이 자리와 내 존재의 불투명함에 대해서.

그리고 K가 되지 않기 위해, 더 이상 무너지지 않기 위해서…….

> "내 속에 정한 마음을 창조하시고
>
> 내 안에 정직한 영을 새롭게 하소서"—시편 51:10
>
> 2019년 가을
>
> 이옥수

블루픽션 41

# 나는, K다

1판 1쇄 펴냄 2019년 11월 5일
1판 5쇄 펴냄 2024년 5월 16일

지은이 이옥수
펴낸이 박상희
편집 박지은
디자인 어나더페이퍼

펴낸곳 (주)비룡소
출판등록 1994년 3월 17일 제16-849호
주소 06027 서울시 강남구 도산대로1길 62 강남출판문화센터 4층
전화 02)515-2000 팩스 02)515-2007
홈페이지 www.bir.co.kr
제품명 어린이용 반양장 도서 제조자명 (주)비룡소 제조국명 대한민국 사용연령 3세 이상

ⓒ 이옥수 2019. Printed in Seoul, Korea.

ISBN 978-89-491-9256-7 44800
      978-89-491-2053-9(세트)

이 도서의 국립중앙도서관 출판시도서목록(CIP)은 서지정보유통지원시스템 홈페이지(http://seoji.nl.go.kr)와
국가자료공동목록시스템(http://www.nl.go.kr/kolisnet)에서 이용하실 수 있습니다.
(CIP제어번호 : CIP2019042027)

## | 블루픽션 시리즈

**26. 하이킹 걸즈** 김혜정 글

블루픽션상, 한국문화예술위원회 우수문학도서, 책따세 추천 도서, 학도넷 추천 도서

**27. 지구 아이** 최현주 글

제11회 블루픽션상 수상작

**28. 나는 브라질로 간다** 한정기 글

황금도깨비상 수상 작가, 소년조선일보 추천 도서, 중앙일보 추천 도서

**29. 키싱 마이 라이프** 이옥수 글

한국문화예술위원회 우수문학도서, 어린이도서연구회 권장 도서, 교보문고 추천 도서,
전국독서새물결모임 추천 도서, 학교도서관저널 추천 도서

**30. 꼴찌들이 떴다!** 양호문 글

블루픽션상, 행복한 아침독서 추천 도서, 교보문고 추천 도서, 책따세 추천 도서,
경기도학교도서관사서협의회 추천 도서, 중앙일보 북클럽 추천 도서

**31. 우연한 빵집** 김혜연 글

문학나눔 선정 도서, 학교도서관저널 추천 도서, 책따세 추천 도서, 아침독서 추천 도서,
어린이도서연구회 추천 도서

**32. 생쥐와 인간** 존 스타인벡 글/ 정영목 옮김

미국 도서관 협회 선정 도서, 국립어린이청소년도서관 추천 도서

**33. 두 개의 달 위를 걷다** 샤론 크리치 글/ 김영진 옮김

뉴베리 상, 미국 어린이 도서상, 스마티즈 북 상, 영국독서협회 상 수상작,
경기도학교도서관사서협의회 추천 도서, 학도넷 추천 도서

**36. 서쪽 마녀가 죽었다** 나시키 가오 글/ 김미란 옮김

소학관 문학상, 일본 아동문학가협회 신인상, 한국간행물윤리위원회 청소년 권장 도서,
어린이도서연구회 권장 도서, 아침독서 추천 도서, 책따세 추천 도서

**37. 닌자걸스** 김혜정 글

전국학교도서관담당교사모임 추천 도서, 아침독서 추천 도서

**38. 첫사랑의 이름** 아모스 오즈 글/ 정회성 옮김

안데르센 상, 제브 상

**39. 하니와 코코** 최상희 글

블루픽션상, 사계절문학상 수상 작가, 학교도서관저널 추천 도서

**40. 파랑 치타가 달려간다** 박선희 글

제3회 블루픽션상 수상작, 학교도서관저널 추천 도서, 아침독서 추천 도서,
어린이도서연구회 권장 도서, 책따세 추천 도서, 문화체육관광부 우수교양도서

**41. 나는, K다** 이옥수 글

학교도서관저널 추천 도서

**42. 어쩌자고 우린 열일곱** 이옥수 글

한국도서관협회 우수문학도서, 학교도서관저널 추천 도서

**43. 앉아 있는 악마** 김민경 글

**44. 최후의 Z** 로버트 C. 오브라이언 글/ 이진 옮김
뉴베리 상 수상 작가

**46. 줄리엣 클럽** 박선희 글
제3회 블루픽션상 수상 작가, 대한출판문화협회 선정 올해의 청소년 도서,
한국도서관협회 선정 우수문학도서

**47. 번데기 프로젝트** 이제미 글
제4회 블루픽션상 수상작

**49. 파랑 피** 메리 E. 피어슨 글/ 황소연 옮김
미국학교도서관저널, 미국도서관협회 선정 청소년 분야 '최고의 책',
학교도서관저널 추천 도서, 책따세 추천 도서

**50. 판타스틱 걸** 김혜정 글
제1회 블루픽션상 수상 작가, 대한출판문화협회 선정 올해의 청소년 도서,
고래가 숨쉬는 도서관 선정 도서, 한국도서관협회 선정 우수문학도서,
경기도학교도서관사서협의회 추천 도서

**51. 어쨌거나 스무 살은 되고 싶지 않아** 조우리 글
제12회 블루픽션상 수상작

**52. 우리들의 팝조름한 여름날** 오채 글
마해송 문학상 수상 작가, 한국도서관협회 선정 우수문학도서,
국립어린이청소년도서관 추천 도서, 경기도학교도서관사서협의회 추천 도서,
2017 순천시 One City One Book 선정 도서

**53. 웰컴, 마이 퓨처** 양호문 글
제2회 블루픽션상 수상 작가, 대한출판문화협회 선정 올해의 청소년 도서,
경기도학교도서관사서협의회 추천 도서

**56. 메신저** 로이스 로리 글/ 조영학 옮김
뉴베리 상, 보스턴 글로브 혼 북 명예상 수상 작가, 경기도학교도서관사서협의회 추천 도서

**61. 개 같은 날은 없다** 이옥수 글
2013 서울 관악의 책 , 목포시립도서관 추천 도서 , 울산남부도서관 올해의 책,
책따세 추천 도서, 한국간행물윤리위원회 청소년 권장 도서, 한국도서관협회 우수문학도서,
국립어린이청소년도서관 추천 도서

**63. 명탐정의 아들** 최상희 글
제5회 블루픽션상 수상 작가, 문화체육관광부 우수교양도서

**68. 반드시 다시 돌아온다** 박하령 글
제10회 블루픽션상 수상작, 학교도서관저널 추천 도서, 세종도서 문학나눔 선정 도서

**69. 원더랜드 대모험** 이진 글
제6회 블루픽션상 수상작, 국립어린이청소년도서관 추천 도서, 아침독서 추천 도서

**71. 칸트의 집** 최상희 글
제5회 블루픽션상 수상 작가, 아침독서 추천 도서, 세종도서 문학나눔 선정 도서

**72. 태양의 아들** 로이스 로리 글/ 조영학 옮김
뉴베리 상, 보스턴 글로브 혼 북 명예상 수상 작가

### 73. **마법의 꽃** 정연철 글

푸른문학상 수상 작가, 세종도서 문학나눔 선정 도서, 학교도서관저널 추천 도서

### 74. **파라나** 이옥수 글

학교도서관저널 추천 도서, 사계절문학상 수상 작가, 책따세 추천 도서, 국립어린이청소년도서관 추천 도서, 세종도서 문학나눔 선정 도서, 아침독서 추천 도서

### 75. **그 여름, 트라이앵글** 오채 글

마해송 문학상 수상 작가, 국립어린이청소년도서관 추천 도서, 아침독서 추천 도서

### 76. **밀레니얼 칠드런** 장은선 글

제8회 블루픽션상 수상작, 학교도서관저널 추천 도서, 아침독서 추천 도서

### 77. **아르주만드 뷰티 살롱** 이진 글

블루픽션상 수상작가, 한국출판문화진흥원 우수 콘텐츠 제작 지원 당선작

### 78. **굿바이 조선** 김소연 글

### 80. **당첨되셨습니다 – SF 앤솔러지** 길상효 오정연 전혜진 정재은 홍준영 곽유진 홍지운
이지은 이루카 이하루 글

### 81. **순례 주택** 유은실 글

2021 중구민 한 책 선정, 2022 광주시 동구 올해의 책, 2022 미추홀구의 책,
2022 양주시 올해의 책, 2022 원 북 원 부산 올해의 책, 2022 원 북 원 포항 올해의 책,
2022 원주시 한 도시 한 책 읽기 선정 도서, 2022 익산시 올해의 책,
2022 전남도립도서관 올해의 책, 2022 전주시 올해의 책, 2022 평택시 올해의 책,
국립어린이청소년도서관 추천 도서, 문학나눔 우수문학 도서,
서울시 교육청 어린이도서관 추천 도서, 아침독서 추천 도서, 2022 대구 올해의 책,
2023 청주, 구미, 금산군 올해의 책

### 82. **녀석의 깃털** 윤해연 글

학교도서관저널 추천 도서, 문학나눔 우수문학 도서

### 83. **모두의 연수** 김려령 글

2023년 올해의 청소년 교양 도서, 문학나눔 우수문학 도서, 학교도서관저널 추천 도서,
아침독서 추천 도서

⊙ 계속 출간됩니다.